TRÊS MISTÉRIOS

Clássicos Juvenis Três por Três

CLÁSSICOS JUVENIS TRÊS POR TRÊS

TRÊS MISTÉRIOS

O FANTASMA DE CANTERVILLE
Oscar Wilde

OS IRMÃOS CORSOS
Alexandre Dumas

SONHOS PERIGOSOS
Telma Guimarães Castro Andrade

COORDENAÇÃO MARCIA KUPSTAS
ILUSTRAÇÕES LELIS

2ª edição
Conforme a nova ortografia

Coleção Três por Três
Editor
Henrique Félix
Assistente editorial
Jacqueline F. de Barros
Revisão de texto
Pedro Cunha Jr. (coord.)/Célia Camargo/Renato Colombo Jr./Camila R. Santana/Edilene M. Santos
Pesquisa iconográfica
Cristina Akisino (coord.)/Émerson C. dos Santos
Gerente de arte
Nair de Medeiros Barbosa
Assistente de produção
Grace Alves
Coordenação eletrônica
Silvia Regina E. Almeida

Colaboradores
Projeto gráfico e diagramação
Estúdio Graal
Capa e ilustrações
Lelis
Coordenação
Marcia Kupstas
Suplemento de leitura e projeto de trabalho interdisciplinar
Isabel Cabral
Impressão e acabamento
Bercrom Gráfica e Editora

Dados Internacionais de Catalogação na Publicação (CIP)

Andrade, Telma Guimarães Castro
  Três mistérios / [adaptação] Telma Guimarães Castro Andrade ; ilustrações
Lelis. – 2ª ed. – São Paulo : Atual, 2009. – (Coleção Três por Três. Clássicos juvenis /
coordenação Marcia Kupstas)

  Conteúdo: O fantasma de Canterville / Oscar Wilde ; Os irmãos Corsos /
Alexandre Dumas ; Sonhos perigosos / Telma Guimarães Castro Andrade.
  Acompanha suplemento de leitura e projeto de trabalho interdisciplinar.
  ISBN 978-85-357-0642-0

  1. Literatura infantojuvenil I. Wilde, Oscar, 1854-1900. II. Dumas,
Alexandre, 1802-1870. III. Lelis. IV. Kupstas, Marcia. V. Título. VI. Série.

CDD-028.5

Índices para catálogo sistemático:
1. Literatura infantojuvenil   028.5
2. Literatura juvenil   028.5

12ª tiragem, 2018
Copyright © Telma Guimarães Castro Andrade, 2006

SARAIVA Educação S.A.
Avenida das Nações Unidas, 7221 – Pinheiros
CEP 05425-902 – São Paulo – SP – Tel.: (0xx11) 4003-3061
www.editorasaraiva.com.br
atendimento@aticascipione.com.br

Todos os direitos reservados.

CL: 810382
CAE: 602664

SUMÁRIO

Prefácio

    Três mistérios sobrenaturais   7

O FANTASMA DE CANTERVILLE   9

  Oscar Wilde   10
    1. A família Otis em Canterville   11
    2. Lembranças de um fantasma   14
    3. Outro fantasma?   17
    4. Inimigos por toda parte   21
    5. Um pobre fantasma   23
    6. Em paz finalmente   28
    7. Um eterno amor   32

OS IRMÃOS CORSOS 35

Alexandre Dumas, pai   36
  1. Abrigo por uma noite   37
  2. O jovem Lucien de Franchi   40
  3. Uma estranha coincidência   44
  4. O pedido de reconciliação   48
  5. Premonição   50
  6. Orlandis χ Colonnas   53
  7. Um encontro e um convite   58
  8. A aposta   63
  9. Um amor verdadeiro   66
  10. Um destino traçado   70
  11. Outra estranha coincidência   76
  12. A história se repete   80
  13. O último duelo   87

SONHOS PERIGOSOS 91

Telma Guimarães Castro Andrade   92
  1. Um sonho muito estranho   93
  2. Professor Murilo   94
  3. Sonho ou pesadelo?   97
  4. A visita ao museu   99
  5. Uma aliada   103
  6. Ação!   105
  7. Arquivo "morto"   115

TRÊS MISTÉRIOS SOBRENATURAIS

Três autores, três épocas, três lugares... e um tema central, reunindo três diferentes narrativas. Quantas semelhanças pode haver entre essas histórias, quantas são suas particularidades...

O que há em comum entre *O fantasma de Canterville*, de Oscar Wilde, *Os irmãos corsos*, de Alexandre Dumas (ambos do século XIX), e a narrativa contemporânea *Sonhos perigosos*, de Telma Guimarães Castro Andrade, é o modo como os três enredos tecem o *mistério*. Mistério é algo oculto, pouco explicado, desconcertante, que causa estranhamento. Mas essas histórias vão além dessa abordagem, pois apresentam mistérios que também são sobrenaturais. A palavra *sobrenatural* designa aquilo que está além da natureza, que não pode ser explicado pelas leis naturais. Fantasmas, visões de pessoas falecidas e sonhos premonitórios fazem parte desse universo, que não se limita às explicações lógicas e transcende uma visão racional da realidade.

O fantasma de Canterville aborda o tema da casa mal-assombrada com humor e ironia, além de contar com uma personagem sensitiva que consegue entender os desejos de uma alma penada. Alexandre Dumas foi um autor extremamente fértil em sua carreira e bastante conhecido por seus romances históricos; no entanto, em *Os irmãos corsos*, descreve um pitoresco caso de comunicação além-túmulo, envolvendo irmãos gêmeos. Em *Sonhos perigosos*, um caso misterioso é desvendado com o auxílio de um sonho premonitório.

Apesar de escritas em épocas e países distintos, essas três histórias se unem ao permear fatos reais com fenômenos sobrenaturais.

Entretanto, a coleção Três por Três pretende não só aproximar essas narrativas quanto a seu assunto central, mas permitir que o leitor reconheça suas diferenças. A história de Alexandre Dumas difere das outras duas por se valer de um narrador crítico, representado pelo próprio escritor, tão surpreso quanto o leitor diante de irmãos que compartilham seus sentimentos mesmo em terras longínquas e, mais tarde, mantêm contato apesar de distanciados pela morte. O desfecho é aventuroso mas também nos causa medo... Será possível esse tipo de comunicação? Já nas histórias de Oscar Wilde e Telma Guimarães Castro Andrade, o tom é mais leve. Mesmo que nos espantemos com a existência de fantasmas, eles não nos parecem tão ameaçadores. Em *O fantasma de Canterville*, o leitor sente mais piedade do que medo do espectro boicotado em sua tarefa de assombrar. Afinal, a família norte-americana Otis não teme espíritos desencarnados e resolve de modo prático os problemas causados pelo fantasma, limpando manchas de sangue com removedor, sugerindo o uso de lubrificante em correntes barulhentas... A garota Lena, de *Sonhos perigosos*, herda da avó o dom de prever fatos por meio de sonhos. A partir de um deles, desvenda um caso misterioso, mas a narrativa acentua mais as peripécias da investigação do que apavora o leitor com os meandros dessas premonições. São jeitos diferentes de abordar o tema transcendental.

Essas e outras diferenças valorizam a leitura comparativa deste volume, permitindo associar temas de interesse universal a particularidades de autores em diferentes momentos.

A proposta inovadora da coleção Três por Três consiste na adaptação modernizada de textos antigos, de autores significativos da literatura universal, que dialogam com uma história de escritor brasileiro, também autor das adaptações. E tem como desafio maior seduzir o jovem leitor para que conheça o que já foi feito em outras épocas, sobre temas que, mesmo em nossos dias, continuam relevantes e desafiadores.

Boa leitura!

Marcia Kupstas

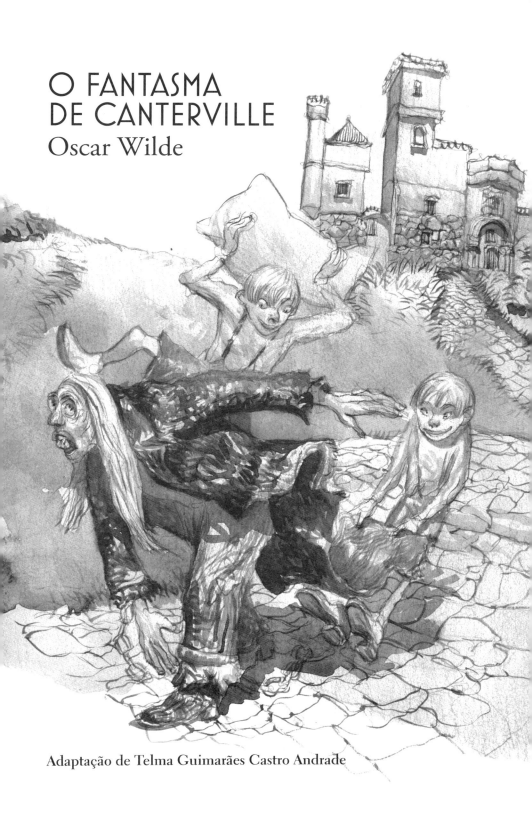

OSCAR WILDE.

Irlandês, nasceu em Dublin, em 1854, e faleceu em Paris, em 1900. Nos seus 46 anos de vida, conheceu a glória e a admiração de multidões, mas também a vergonha de um processo escandaloso por homossexualismo, a prisão e o abandono. Era filho de intelectuais e aluno brilhante. Homem de boa presença, cultivava amizades e inimigos com o mesmo ardor. Em 1884, casou-se com Constance Lloyd, filha de um advogado famoso, e teve dois filhos. Mesmo assim, continuou com uma vida boêmia, em que rumores ressaltavam um turbulento caso amoroso com o lorde Alfred Douglas. Esse envolvimento o levou a julgamento por homossexualismo, e, em 1895, Oscar Wilde foi condenado a dois anos de prisão. O escândalo o destruiu moral e financeiramente. Seus filhos trocaram de nome, e ele se mudou para a França, sob pseudônimo, onde viveu até o fim de seus dias. Na carreira literária, dedicou-se ao teatro, com destaque para as peças Vera *e* Salomé. *Sua obra-prima,* O retrato de Dorian Gray, *é de 1891, mas antes já havia publicado narrativas fantasiosas como* O fantasma de Canterville *e* O príncipe feliz. O fantasma de Canterville *é um pitoresco embate entre o conservadorismo inglês, que preserva até seus fantasmas, e o progresso e a liberdade norte-americanos, com seu jeito debochado de resolver problemas. Hiram Otis é um milionário norte-americano que compra uma propriedade mal-assombrada na Inglaterra, mas nem ele nem seus familiares têm lá grande respeito pelo fantasma do local. É preciso que a jovem Virginia, dotada de mais sensibilidade e compaixão do que sua pragmática família, apiede-se do espectro, para afinal trazer-lhe a tão desejada paz no além-túmulo.* O fantasma de Canterville *é uma obra extremamente popular, muito adaptada para o público jovem, principalmente pelo tom bem-humorado da narrativa e pela leveza na apresentação das personagens. A versão apresentada neste volume mantém esse encanto que seduz gerações de jovens leitores.*

1
A FAMÍLIA OTIS EM CANTERVILLE

QUANDO O SR. HIRAM B. OTIS, ministro norte-americano, comprou a propriedade de Canterville, não imaginava que estivesse fazendo algo perigoso.

— A casa é mal-assombrada! — Ouviu esse comentário inúmeras vezes.

O próprio lorde Canterville confirmou isso ao sr. Otis:

— Nós não queremos mais morar aqui por causa do fantasma! Minha tia-avó, a duquesa de Bolton, nunca se recuperou do susto que levou. Um dia, enquanto se arrumava para o jantar, viu duas mãos de esqueleto nos seus ombros. Ela até ficou de cama depois disso. Minha esposa, coitada, não consegue pegar no sono por causa dos barulhos que a criatura faz durante a noite no corredor e na biblioteca. Até o vigário da nossa igreja pode atestar o fato. Esteve aqui inúmeras vezes, rezando pelos cantos para afugentar o fantasma.

— Pois fico com a casa e o fantasma — o ministro respondeu, sem perder o bom humor. — Vai ser meu fantasma de estimação. Sou de um país moderno; nos Estados Unidos temos tudo o que o dinheiro pode comprar. Já pensou comprar um fantasma? É algo inacreditável! Se realmente houvesse um na Europa, já o teríamos em algum museu nos Estados Unidos e ainda cobraríamos ingressos! É assim que procedemos.

— Acontece que *existe* mesmo um fantasma na casa. Não estou brincando... — Lorde Canterville sorriu. — Talvez não existam fantasmas na

América do Norte, mas temos um neste lugar. Ele está aqui desde 1584, há mais de trezentos anos, e aparece sempre antes da morte de algum de nossos familiares.

— Bem, sr. Canterville, não existem fantasmas em nenhum país do mundo, muito menos em casas britânicas antigas como esta. É o que tenho a dizer.

— Está certo, sr. Otis. Se fica feliz em ter um fantasma morando em sua casa, não tenho nada com isso. Mas depois não vá dizer que eu não o avisei.

Não houve meios de dissuadir o comprador. Aliviado por ter seguido o que sua consciência mandava, lorde Canterville passou os documentos necessários ao novo proprietário. E mudou-se, feliz, com sua família, para um outro lugar livre de assombramentos.

A sra. Lucretia Otis era uma mulher muito bonita. Tinha olhos azuis e um belo sorriso. Em muitos aspectos, parecia tão inglesa quanto as mulheres da Inglaterra, apesar de não ter adotado uma aparência doentia, como o faziam muitas senhoras norte-americanas ao deixar sua terra natal, acreditando ser essa uma forma de refinamento europeu. Na verdade, a sra. Otis era uma excelente prova de que, hoje em dia, a América do Norte e a Inglaterra não diferem mais em nada, exceto, é claro, na língua. O filho mais velho chamava-se Washington. Era muito bonito também, de olhos pretos como os do pai, cabelos loiros e ondulados, e sabia dançar como ninguém. A segunda filha, Virginia, de quinze anos, era ágil, esbelta, tinha olhos de um azul intenso e verdadeira paixão por cavalos. Depois vinham os gêmeos, habitualmente chamados de Estrelas e Listras, uma referência à bandeira norte-americana, pois estavam sempre sendo sacudidos no ar. Eram dois garotos alegres e bagunceiros, que viviam aprontando alguma.

Assim, num lindo entardecer de julho, o sr. Otis e sua família chegaram a Ascot. Uma carruagem foi buscá-los na estação de trem. Os móveis tinham chegado antes, e os criados contratados já haviam colocado tudo no seu devido lugar.

Os campos e as árvores pareciam ainda mais bonitos sob a luz do sol. Os pássaros cantavam alegremente enquanto atravessavam o céu azul. De repente, quando a família Otis entrou na estrada que conduzia à mansão Canterville, nuvens escuras surgiram no céu, e gralhas voaram sem parar. Então, gotas de chuva começaram a cair.

À porta da casa, a sra. Umney — antiga governanta da propriedade que fora mantida no cargo a pedido de *lady* Canterville — esperava os novos moradores, toda vestida de preto. Ao vê-los descer da carruagem, ela se adiantou, dizendo:

— Sejam bem-vindos à mansão Canterville.

Todos agradeceram as boas-vindas e seguiram a governanta até a biblioteca, que era grande e bem escura, com uma enorme janela de vidro colorido bem no alto da parede do fundo.

A sra. Umney tinha arrumado a mesa do chá bem ao canto da sala. Os meninos foram logo tirando seus casacos, pois ali estava bem mais quente que do lado de fora. Os gêmeos puseram-se a olhar tudo em volta, enquanto os dois irmãos mais velhos, mortos de fome, sentaram-se para o chá.

Ao começar a servi-los, a governanta foi logo interrompida por uma pergunta da nova patroa:

— O que é aquela mancha vermelha no chão, perto da lareira? Parece... sangue!

— E é sangue, senhora — respondeu a criada de modo natural.

— Que horror! — exclamaram o sr. e a sra. Otis ao mesmo tempo.

— Sangue de um gato, um cachorro ou algum pássaro, suponho... — Lucretia observou.

— Não, senhora. É o sangue de *lady* Eleanore de Canterville. Seu marido, *sir* Simon de Canterville, assassinou-a em 1575. Ela estava de pé bem aqui onde estou... — A sra. Umney deu alguns passos para perto da lareira, simulando o acontecido. — Ele morreu nove anos depois da morte da esposa, de forma repentina e muito estranha. Muitíssimo estranha. — Fez questão de reafirmar. — O corpo dele nunca foi encontrado... mas seu fantasma ainda caminha por esta casa, à procura de paz. A mancha de sangue é bem famosa, sabem? Muita gente aparece aqui para vê-la. Já tentamos removê-la, porém foi tudo inútil. Ela não sai.

— Eu vou tirá-la daí, ah, se vou! — Washington gritou. — O removedor de manchas Pinkerton é capaz de limpar até um quadro a óleo, sem deixar uma marca!

Suas últimas palavras foram abafadas por alguns raios e trovões, que estremeceram a todos.

Washington não se importou e correu até a sua mala, dela tirando um pequeno frasco. Em seguida, munido de um pedaço de pano velho, tratou de remover a mancha.

Todos se aproximaram para observar o trabalho do garoto.

— Pronto. Vejam, a mancha sumiu! — ele exclamou, contente.

A chuva caía como nunca lá fora. Outro relâmpago iluminou a sala, seguido de trovões tão fortes que fizeram a sra. Umney desmaiar.

— Nossa, este país tem um tempo horrível! Bem que me avisaram. — Hiram foi até a janela olhar a chuva.

Lucretia correu para acudir a sra. Umney, caída no chão.

— Hiram... Ela está desacordada mesmo. — Lucretia apoiou a cabeça da pobre mulher em seu colo.

— Tenho uma boa ideia, Lucretia... Vamos descontar do salário dela. Garanto que nunca mais irá desmaiar.

Mal o sr. Otis terminou de pronunciar tais palavras, a governanta abriu os olhos, pondo-se rapidamente em pé.

— Obrigada — a sra. Umney murmurou. — Já estou bem melhor. Tudo o que se relaciona ao fantasma me deixa nervosa. Já vi muitas coisas com esses olhos que a terra há de comer um dia. Coisas que deixariam os cabelos de um cristão em pé. E passei muitas noites sem dormir, revirando os olhos de medo.

Hiram e sua esposa tentaram acalmá-la, assegurando-lhe que nem eles, nem seus filhos tinham medo de fantasmas. Então, a governanta fechou os olhos e juntou as mãos em oração, pedindo a Deus que abençoasse os novos moradores. Depois, aproveitou para pedir um reajuste de salário e rumou para seu quarto.

2 LEMBRANÇAS DE UM FANTASMA

A TEMPESTADE DUROU a noite toda. De manhã o céu estava claro e limpo novamente.

Quando a família desceu para tomar o café, Washington correu até a biblioteca para confirmar se a mancha tinha realmente sumido com o seu removedor.

— Não é possível! O removedor havia limpado tudo ontem... e hoje a mancha está aqui, como se nunca tivesse saído! — ele exclamou e foi rapidamente contar para o resto da família a incrível descoberta. — Deve ser o fantasma, pai!

Mas nem o pai, nem a mãe e nem os irmãos estavam muito preocupados com isso.

Washington, entretanto, estava determinado a remover aquela mancha, custasse o que custasse. E novamente passou o seu removedor. "Pronto. Quero ver se agora ela vai voltar", pensou, aliviado, após gastar quase todo o conteúdo do frasco.

Na segunda manhã, a mancha apareceu novamente. Washington encarregou-se da limpeza mais uma vez. Então Hiram teve a ideia de trancar a biblioteca e fechar bem a janela, levando a chave com ele para o quarto.

— Quero ver o fantasma, ou quem quer que seja, entrar lá para colocar a mancha de volta. — O sr. Otis sorriu.

Mas na terceira manhã a mancha reapareceu. Dessa vez, a família inteira estava interessada no assunto.

— Queremos conhecer o fantasma! — Os gêmeos pulavam, animados.

— Será que ele é muito velho? — Virginia perguntou.

"Acho que eu não devia ter sido tão radical quando afirmei não acreditar em fantasmas", Hiram pensava.

"Será que é melhor filiar-me à Sociedade Eu Já Vi Um Fantasma? Li num jornal de Londres que eles se reúnem às sextas-feiras", Lucretia ficou na dúvida.

Washington, inconformado com a inutilidade de seu removedor comprado nos Estados Unidos, preparou uma longa carta ao fabricante, pedindo seu dinheiro de volta.

No entanto, naquela mesma noite, eles teriam a resposta para suas dúvidas.

Às onze horas, a família se recolheu. O sr. Otis ainda conferiu se as janelas estavam bem fechadas, deu boa-noite aos filhos e apagou todas as luzes.

Já passava de uma hora da manhã, quando Hiram ouviu um barulho no corredor. Parecia algo de metal sendo arrastado pelo chão, próximo ao seu quarto. Levantou-se da cama e foi, pé ante pé, até a porta, encostando o ouvido nela. O barulho continuava.

O ministro levou a mão à testa. "Será que estou com febre?", pensou. Não, não estava. Beliscou seu braço esquerdo, para ver se não estava sonhando. Também não estava, pois doeu como nunca.

O barulho estranho continuou, e agora ele podia até ouvir alguns passos.

O sr. Otis vestiu um roupão, calçou os chinelos e pegou um frasco que estava sobre o aparador. Quando abriu a porta, viu, sob a luz do luar que entrava pelo vidro da janela, um homem velho de aspecto terrível. Seus olhos eram vermelhos como fogo; o cabelo cinzento, todo emaranhado e sujo, caía-lhe sobre os ombros e as costas; as roupas eram de séculos atrás e estavam tão sujas e rasgadas que mais pareciam trapos; grossas correntes de metal pendiam de seus pulsos e tornozelos.

— Com todo o respeito, acho que o senhor deve colocar um pouco do óleo lubrificante Sol Levante, de Tammany, nessas correntes barulhentas — Hiram sugeriu, achando um absurdo ser acordado àquela hora por alguém... ainda mais uma criatura tão horripilante. — Aposto que vai acabar com esse barulho desagradável que deve importunar até mesmo o senhor. Todo mundo nos Estados Unidos usa este lubrificante. Vem até com certificado de garantia. Olhe, vou deixá-lo aqui nesta mesinha do corredor. Se precisar de mais, é só avisar. — Então, fechou a porta do quarto, voltando a dormir.

Por alguns segundos, o fantasma de Canterville ficou parado, tremendo de indignação. Em seguida, num gesto de raiva, jogou o frasco de óleo lubrificante no chão e voou pelo corredor. Uma estranha luz verde irradiava do seu corpo enquanto dava urros de estremecer a casa.

Quando o fantasma chegou ao outro lado do corredor, levou dois golpes de travesseiros e tomou o maior susto. "Quem são essas pequenas criaturas de branco?", pensou, achando melhor atravessar a parede e desaparecer, antes que o atingissem com algo mais pesado.

O silêncio voltou à mansão tão logo o fantasma entrou em sua sala secreta.

Para recuperar-se do susto, sentou-se na poltrona preferida. "Durante trezentos anos fui considerado o fantasma mais famoso da Inglaterra. Todo mundo, sem exceção, morria de medo de mim! Não faz muito tempo, assustei a duquesa de Bolton, colocando minhas mãos nos seus ombros. Ela quase morreu de tanto medo e parece que ainda se encontra doente! Já afugentei quatro criadas que estão correndo de medo pela Inglaterra até hoje; lembro-me do vigário da igreja que foi parar num hospício desde o dia em que me viu assoprando uma vela; do sr. Tremouillac que, ao notar meu esqueleto lendo jornal em sua poltrona, teve um ataque de febre cerebral e ficou num hospital durante semanas; e o que dizer da linda sra. Stutfield que nunca mais falou uma palavra depois que coloquei minhas mãos em volta do seu colar enquanto ela jantava?", ficou pensando em todos os acontecimentos passados. Tinham sido tão divertidos! "É mesmo o fim dos tempos! Eu, um fantasma que já assustou tanta gente, tendo que aguentar uma família norte-americana que me oferece óleo lubrificante para acabar com o rangido das correntes que há mais de trezentos anos me orgulho de arrastar pela mansão! E o que é pior, suportar de dois pirralhos travesseiros na cara! Pois eles vão se arrepender, ora, se vão!", o fantasma de Canterville declarou guerra à família Otis.

Naquela noite, ele não saiu mais para assustar ninguém e ficou planejando sua terrível vingança!

3
OUTRO FANTASMA?

NO DIA SEGUINTE, a família Otis reuniu-se para o café da manhã. O ministro estava bastante aborrecido com os acontecimentos da noite passada.

— Não fique triste porque o fantasma recusou o lubrificante, Hiram — sua esposa tentou consolá-lo.

— É, pai, não fique chateado! — os gêmeos exclamaram.

— Eu não quero causar nenhum mal ao fantasma, entenderam? — O pai encarou os gêmeos. — Ele mora nesta casa há tanto tempo e acho que pela primeira vez na vida, quer dizer, depois da morte, levou travesseiradas... Não deve ter gostado nem um pouco.

Os gêmeos deram uma gargalhada e foram repreendidos pelo pai:

— Não vejo a menor graça, crianças. Se o fantasma não usar o lubrificante nas correntes, nós teremos que tirá-las. Não vamos conseguir dormir com aquele barulho horrível noite após noite.

Lucretia, Washington e Virginia concordaram.

O resto da semana foi bem tranquilo. A única coisa interessante era a mancha de sangue. Todo dia, depois que acordava, Washington limpava-a com o removedor. Em seguida, seu pai fechava a janela e a porta da biblioteca. Mas, no dia seguinte, lá estava a mancha, bem grande. Às vezes, ela adquiria outra tonalidade... De um vermelho mais claro, passava para um verde brilhante e tornava a mudar para um vermelho intenso. A família Otis achava tudo aquilo muito engraçado e todo dia corria para descobrir qual a nova cor que a mancha adquiriria. A única que não se divertia era Virginia, mas ela nem sabia dizer o motivo. Na manhã em que a mancha apareceu verde, quase chorou.

Somente no domingo à noite, logo depois que todos foram dormir, o fantasma saiu de seu esconderijo. No *hall* de entrada, havia uma armadura de mais de trezentos anos. "Imagine o susto que vão levar ao me ver dentro dela... Não há norte-americano moderno que resista!", pensou, vestindo-a. Mas era tão pesada que Simon não conseguiu se mover, acabou caindo e fazendo um enorme barulho.

Todos os integrantes da família Otis, com exceção da sra. Lucretia, pularam da cama e desceram a escada ao mesmo tempo. Num minuto, viram o pobre fantasma esparramado no chão, segurando o elmo de ferro e chorando de dor. Os gêmeos atiraram bolinhas de papel nele. O sr. Otis, achando que fosse um ladrão, surgiu com um revólver na mão e bradou:

— Mãos ao alto!

O fantasma deu um grito de raiva, levantou-se subitamente e passou por eles, apagando a chama da vela que Washington segurava. Tudo então ficou na mais completa escuridão. Do alto da escadaria, Simon deu uma risada de meter medo. A mesma que tinha deixado os cabelos de lorde Raker brancos da noite para o dia. Ele gargalhou e gargalhou, fazendo até as paredes tremerem.

Nesse instante, Lucretia Otis abriu a porta do seu quarto com um vidro na mão.

— Sabe o que eu acho? — ela se dirigiu ao fantasma. — Que o senhor não está se sentindo bem. Então eu trouxe um remédio para o estômago. Se estiver com problemas estomacais, o antiácido do dr. Dobell irá curá-lo num minutinho. — E lhe estendeu o vidro.

Simon olhou para Lucretia e, mais do que morto de raiva, transformou-se num cachorro preto de tamanho descomunal. Entretanto, quando viu os gêmeos correndo em sua direção, tudo o que fez foi dar um latido e desaparecer em meio a uma luz verde.

Transtornado, ele ficou de cama por alguns dias. Só saía de seu quarto para retocar a mancha de sangue depois da meia-noite. Contudo, quando se sentiu melhor, decidiu aterrorizar a família Otis até não poder mais! "É agora ou nunca!", profetizou para si mesmo. Assim, passou a sexta-feira do dia 17 de agosto escolhendo uma roupa bem apropriada. Acabou decidindo-se por uma mortalha roxa, vestimenta que costumava cobrir os mortos da sua época. Resolveu colocar também um chapéu preto com uma pena vermelha e iria segurar uma faca. Enorme, por sinal.

Naquela noite, uma pesada chuva desabou, seguida de ventos fortíssimos que sacudiam as portas e janelas. O tempo era seu parceiro. "Começarei pelo quarto de Washington... ", o fantasma pensou. "É ele quem limpa as manchas de sangue todos os dias, então terá o privilégio de levar o primeiro susto da noite. Vou fazer barulhos bem fantasmagóricos até acordá-lo; depois, enfiarei a faca no meu pescoço várias vezes, ao som de uma música bem estridente. Aí irei ao quarto do sr. Hiram. Vou fazer um barulho ensurdecedor no seu ouvido e colocar minha mão gelada no rosto de sua esposa. Mas e quanto a Virginia?", ele não estava bem certo sobre a forma de assustá-la. "Ela não aprontou nada comigo, não me aborreceu, não me jogou travesseiros nem tentou me dar um banho de lubrificante. Ela é tão meiga e bonitinha... Pode ser que eu só grite um *buuuuuuu* na sua orelha ou faça seus lençóis voarem um pouco. Nada muito tenebroso com a doce Virginia. Quanto aos gêmeos, eles que me aguardem! Vão levar uma lição, aqueles danadinhos! Vou deitar-me entre suas camas como um morto, frio e pálido, malcheiroso como a morte. Ficarão paralisados de medo. Só então tirarei a mortalha e dançarei minha famosa dança do esqueleto", Simon de Canterville riu, achando que o seu plano era mais que perfeito.

Às dez e meia, ele ouviu os membros da família Otis entrando em seus quartos. Durante uns quarenta e cinco minutos, os gêmeos ficaram conversando, enquanto o casal Otis leu um pouco. Depois das onze horas e quinze, silêncio total.

Às doze badaladas do relógio da sala, o fantasma saiu de seu quarto. Tinha um estranho sorriso no rosto e levava a faca na mão direita. Silenciosamente, movia-se pelo corredor. "De onde vem esse vento?", pensou. "Vi quando o sr. Otis fechou todas as janelas do primeiro andar!", por um instante ficou observando o brasão de sua família representado na grande janela, no alto da escada. Enquanto deslizava, suas vestes brancas eram sacudidas pelo vento frio. Levou uma das mãos esqueléticas até a boca enrugada e, sentindo algo duro perto da língua, cuspiu um dos dentes apodrecidos. Então ouviu a badalada do relógio, marcando meia-noite e quinze minutos. Deu uma gargalhada e, ao virar-se para entrar no quarto de Washington, estacou, aterrorizado! Parado à sua frente estava o mais horrível fantasma que já vira em toda a sua vida e morte! Tinha uma cabeça monstruosa, sem um fio de cabelo. O rosto era redondo com um sorriso contorcido, escancarando os dentes separados. Uma chama vermelha como fogo vinha de dentro de sua boca, alcançando o meio dos olhos. Seu corpo era enorme, envolvido por uma capa roxa brilhante. Numa das mãos, segurava um pergaminho com uma estranha inscrição. Na outra, uma arma que não conseguiu identificar, moderna e terrível ao mesmo tempo.

O fantasma de Canterville achou melhor sair correndo dali. Para que ler a inscrição do pergaminho? Assustado até os ossos, fugiu. A pressa foi tanta que acabou tropeçando em sua mortalha e deixando cair a faca enferrujada dentro de um dos sapatos que o sr. Hiram costumava colocar do lado de fora dos aposentos antes de dormir.

Simon entrou cambaleando em seu quarto e jogou-se na cama, agarrando o travesseiro como a um ursinho de pelúcia. Ficou assim durante um bom tempo. Ao sentir-se melhor, meditou sobre o que acontecera. "Sou um Canterville e, portanto, tenho que lutar até o fim! Quando o dia amanhecer, vou falar com esse outro fantasma. Ele pode se tornar meu amigo, poderemos juntar forças enfim. Unidos, derrotaremos os gêmeos!"

Na manhã seguinte, enquanto a família Otis ainda dormia, o fantasma de Canterville atravessou a passagem secreta que levava até o corredor. "Lá está o outro fantasma", avistou-o. "Mas há alguma coisa errada com ele...", notou à luz do dia. "O fogo dos seus olhos apagou, e está encostado na parede como um velho doente." Simon flutuou bem rápido e colocou suas mãos em volta dos ombros do outro fantasma, dizendo:

— Ei, amigo... aconteceu alguma coisa?

E a cabeça do fantasma esquisito caiu ao chão, com um estrondo. Em seguida, seu corpo todo desabou, deixando à mostra o que havia embaixo da capa roxa: uma vassoura!

Simon pôde então ler o que estava escrito no pergaminho preso numa das mãos do outro fantasma:

O fantasma da família Otis
é o único original no universo.
Tome cuidado com os outros...
Eles são apenas imitações!

E teve um ataque de nervos como nunca tivera em mais de trezentos anos!

4
INIMIGOS POR TODA PARTE

NA SEMANA SEGUINTE, o fantasma de Canterville se manteve recluso em seu quarto. Estava cansado e não se sentia muito bem, com os nervos em frangalhos. Até resolveu parar de avivar a mancha de sangue na biblioteca. "Se a família Otis não a quer, é porque não a merece. Vamos deixar a mancha de lado."

Porém, as aparições fantasmagóricas eram sua obrigação e não tinha como controlá-las. Assim, nos três sábados seguintes, ele passeou pelos corredores no horário entre a meia-noite e as três da manhã. Fazia um *buuuuuuuu* aqui, outro *ahhhhhhh* acolá, dava uma passada rápida por trás das janelas... Coisas básicas de fantasmas. Mas não fazia questão nenhuma de ser visto ou ouvido, muito pelo contrário. Tirava os sapatos que rangiam e espirrava bastante lubrificante Sol Levante nas correntes para que não fizessem barulho. Chegou a trocar a mortalha roxa por um sobretudo preto, mais discreto.

Os gêmeos? Eles continuavam aprontando muito. Num desses dias, por exemplo, colocaram algumas pedras pelos corredores escuros entre os quartos e também na escada. Quando o fantasma passou, tropeçou nas pedras e rolou escadaria abaixo. Isso realmente fez com que ficasse muito bravo. Tão bravo que decidiu se esforçar mais uma vez para impor sua dignidade e posição social, aterrorizando-os naquela mesma noite com o truque do "Duque decapitado". Certamente, morreriam de susto.

Simon passou um bom tempo se aprontando e gostou muito do resultado final. À uma e quinze da madrugada, atravessou as paredes e moveu-se silenciosamente até o quarto dos gêmeos. Então ele abriu a porta de supetão e... levou um balde d'água, que os meninos, de propósito, tinham colocado em cima da porta. Sua roupa ficou encharcada, e os gêmeos, que estavam acordados, riram a valer. Não lhe restou outra alternativa a não ser correr dali o mais rápido possível.

No dia seguinte, estava com uma gripe terrível. A pior de seus últimos trezentos anos! Por sorte não havia levado sua cabeça, pois as consequências teriam sido ainda piores. Definitivamente, perdeu as esperanças de conseguir assustar aquela horrível família norte-americana. Apenas passeava de um lado para o outro, carregando sua velha pistola para se defender no caso de ser atacado pelos gêmeos.

No dia 19 de setembro, o fantasma de Canterville recebeu o golpe final. Estava usando uma de suas mortalhas preferidas — a púrpura —, quando decidiu dar uma passada na biblioteca. "Preciso ver se ainda resta algum vestígio da mancha de sangue", pensou. De repente, duas criaturas pularam à sua frente, gritando:

— *BUUUUUUUUUUUUUUUUUUUU!*

O fantasma ficou tão assustado que correu escada acima. Mas, ao chegar ao topo, deu de cara com Washington Otis munido de uma arma terrível... a mangueira do jardim.

— *AHHHHHHHHHHHHHHHH!* — Simon berrou ao ver inimigos por todos os lados e entrou na lareira, dando graças a Deus por não estar acesa.

Quando retornou ao seu quarto, o fantasma estava com uma aparência tenebrosa. Olhou no espelho à sua frente: sujo, coberto de fuligem dos dedos dos pés ao último fio ensebado de cabelo, mortalha totalmente destruída pelo carvão e terrivelmente irritado. "Esses garotos serão meus inimigos por toda a eternidade!", declarou para si mesmo.

Depois desse episódio, ninguém mais viu o fantasma de Canterville à noite. Os gêmeos fizeram várias tentativas para surpreendê-lo. Em algumas ocasiões, colocaram cascas de nozes pelos corredores e ficaram esperando, noite após noite, para dar risada quando o fantasma escorregasse nelas; mas, como ele não aparecia, acabavam tendo que dormir mais cedo.

— O que será que aconteceu com ele? — os gêmeos se perguntavam.

Consequentemente, o sr. Otis se dedicou ao trabalho. Começou a escrever um livro e não podia ser interrompido. Lucretia ocupava-se com alguns chás que promovia para as amigas das redondezas. Os gêmeos continuavam suas estrepolias pelos jardins da mansão. Virginia decidiu aprender equitação com Cecil, o duque de Cheshire, hospedado por uns dias na casa da família Otis.

Todos concordavam que o fantasma havia sumido de uma vez por todas. Por isso, o sr. Hiram escreveu uma carta a lorde Canterville, tranquilizando-o a respeito do hóspede indesejado:

Caro lorde Canterville,

Espero que esteja bem de saúde.

Estamos gostando muito da nossa nova casa. O fantasma andou aparecendo por aqui algumas vezes, mas creio ter ido embora para sempre.

Mantivemos a governanta, como lady *Canterville pediu. É pessoa de confiança e as crianças gostam muito dela.*

Lucretia fez novas amizades e estamos todos felizes.

Cordialmente,
Hiram Otis

Lorde Canterville ficou feliz com as notícias, mas pensou: "Duvido que o fantasma tenha desaparecido para sempre".

E ele tinha razão. Simon continuava na casa. Só que andava meio indisposto... Entretanto, a visita do jovem duque trouxe-lhe novo ânimo. "Conheço todos os antepassados do duque de Cheshire...", o fantasma de Canterville lembrava-se muito bem. "Uma vez apareci na frente do tio-avô do duque, tomando a forma do cavaleiro da morte. O homem nunca mais disse uma só palavra pelo resto de sua vida", Simon riu ao lembrar-se do rosto da pobre criatura. "Quero assustar o rapazinho da mesma forma que fiz com seu parente...", decidiu, eufórico com a iminência de novos assombramentos.

Aprontou-se para o grande susto, mas, a cada vez que ameaçava sair de seu quarto, lembrava-se dos gêmeos, verdadeira desgraça em dobro, e voltava atrás, desanimado. Realmente, se tinha alguém com medo por ali, era ele mesmo. Aterrorizado com aqueles meninos terríveis. Mas um fantasma metido a valente jamais poderia assumir ter medo de humanos. Se ao menos fossem fantasmas de cento e poucos anos...

Enquanto isso, o jovem duque, que nem imaginava o que estava para acontecer, sonhava, feliz, com Virginia, por quem estava começando a se apaixonar.

5
UM POBRE FANTASMA

ALGUNS DIAS DEPOIS, o fantasma de Canterville sentia seus ossos doerem de raiva, enquanto pensava desesperadamente em algum plano para acabar de uma vez por todas com aqueles terríveis norte-americanos que tinham invadido sua mansão. Como já estava cansado de ficar trancado em seu quarto, resolveu encontrar um lugar tranquilo onde pudesse ordenar seus pensamentos. "A sala no final do corredor... é um bom lugar! Ninguém vai até lá", decidiu-se.

Virginia e Cecil estavam muito empolgados com os passeios a cavalo. Sem muita experiência para desviar dos galhos das árvores, num desses passeios, ela rasgou a sua blusa preferida e, assim que chegou em casa, dirigiu-se ao quarto para trocar de roupa. Com o intuito de não ser vista, tomou o corredor de trás. Ao passar por uma sala que não era muito usada, notou a porta entreaberta e parou, perguntando:

— Há alguém aí?

Virginia levou o maior susto quando viu o fantasma sentado perto da janela. Ele observava o movimento das folhas das árvores, sacudindo ao vento. A expressão em seu rosto era tão triste que a pena que teve do pobre fantasma foi maior que a vontade de sair dali correndo.

Pé ante pé, aproximou-se dele, que nem tinha notado a presença da garota.

— O senhor desculpe os meus irmãos... — Virginia começou a falar, a despeito da horrível aparência de Simon, que lhe causava arrepios da cabeça aos pés. — Mas amanhã eles vão voltar para a escola. As férias acabaram, como sabe. E nada mais vai lhe importunar... A não ser, é claro, que o senhor continue tentando nos assustar.

Ele, muito surpreso, respondeu:

— O que a senhorita acha que um fantasma deve fazer? É minha obrigação perambular pelos corredores, sacudir as correntes, fazer *BUUUUUUU, AHHHHHHH*, aterrorizar as pessoas. Esse é o trabalho de um verdadeiro fantasma!

— A sra. Umney disse que o senhor matou a sua esposa. — Virginia fez uma cara feia.

— É verdade. Eu a matei — ele confirmou.

— Que absurdo cometer um crime, sr. fantasma! — Virginia levantou o dedo em riste.

— É porque não conheceu a minha esposa. Além de feia como a morte, era péssima dona de casa e não sabia cozinhar nada. Mas isso não tem a menor importância agora. Ela já está morta! — Simon fez uma careta. — Também não achei correta a atitude de meus cunhados... Diga-lhes que é errado matar. Pois foi o que fizeram comigo!

— Mataram o senhor? — Virginia indagou.

— Sim, depois que minha esposa... faleceu repentinamente... — o fantasma tossiu — meus cunhados me trancaram num quarto sem água nem comida até que eu morresse.

— Puxa, que horror! Sr. Simon, quer alguma coisa para comer? Está com fome, não está? Pudera, depois de três séculos, deve ter até teias de aranha no estômago!

— É muita bondade sua, mas não quero nada, obrigado — ele agra-deceu. — A jovem é bem melhor que o resto da sua família horrível.

— Não fale assim! — Virginia gritou, perdendo a paciência. — O se-nhor é que é horrível! Pegou todos os tons de vermelho do meu estojo de tintas para retocar a mancha da biblioteca. Como vou pintar um entarde-cer de agora em diante? Depois o senhor pegou as tintas verde e amarela, só restando o azul-escuro e o branco. Que paisagens eu posso pintar com essas duas cores? Só se for alguma coisa bem abstrata, bem moderna! Para não complicar mais a sua vida, eu não disse uma palavra a respeito para os meus irmãos. Mas faça-me o favor, sr. fantasma... deixar sangue verde no chão?! E desde quando existe sangue verde?

Simon levantou-se e começou a andar pela sala, gesticulando.

— O que eu podia fazer? Onde é que iria conseguir sangue de verda-de nos dias de hoje? Quem começou a história toda foi o seu irmão, com aquele removedor que trouxe da América do Norte. Se não fosse por isso, eu nem teria precisado da sua tinta. Por sinal, não vi problema algum em usá-la. Vocês, norte-americanos, não entendem nada mesmo.

— Quer saber de uma coisa? — Virginia apontou o indicador nova-mente para o nariz do fantasma. — O senhor é que não entende nada dos norte-americanos. Nadinha de nada. Por que não viaja até o meu país? Meu pai ficaria muito satisfeito em lhe dar a passagem... De ida! Conhe-ço um monte de gente que pagaria mais de cem mil dólares para ter um fantasma em casa.

— Agradeço, mas recuso a sua oferta. Eu não quero conhecer seu país. — Ele ergueu o queixo, com um ar de desprezo.

— Por quê? Porque não existem castelos desmoronando? Porque lá tudo é novo e moderno? Ou porque as pessoas não falam de forma tão esnobe quanto vocês? — Virginia estava cada vez mais irritada com o

26 | O FANTASMA DE CANTERVILLE

pouco caso de Simon em relação ao seu país. E completou: — O senhor vai me dar licença, mas vou falar com meu pai a respeito dos gêmeos. Eles andam tão quietos que acho que poderiam ficar em casa, de férias, mais uns dias...

Ao ouvir isso, o fantasma ficou desesperado e pediu que Virginia não saísse da sala.

— Sabe, ando muito solitário, triste, com uma profunda dor no peito. Não sei mais o que fazer... Nem dormir eu consigo... — ele se queixou.

— Que bobagem! — Virginia exclamou. — A coisa mais fácil do mundo é dormir. Vá para a cama, acenda uma vela, coloque-a sobre a mesa de cabeceira, comece a ler um livro e pronto. O sono chegará num minuto.

— Acontece que eu não durmo há mais de trezentos anos! Sabe o que são trezentos anos? É sono atrasado que não acaba mais, mocinha. E isso vai dando um cansaço sem fim.

"Coitado! Imagine, ficar sem dormir por mais de três séculos! Por isso ele tem olheiras tão grandes em volta dos olhos, e essa cor no rosto tão esquisita, sem falar da boca que não para de tremer", Virginia pensou.

— Nossa, estou morrendo de pena do senhor. — Ela se aproximou tanto do fantasma que quase podia tocá-lo. — Será que não há por aí um lugar melhor, mais relaxante, onde o senhor possa tirar uma soneca?

— Para lá do jardim há um bosque... — ele apontou para a janela, com um olhar de profunda tristeza — onde a grama cresce macia e bem verde, e germinam as mais lindas flores. Ali o rouxinol canta a noite toda, e a lua, como se tomando conta de todos, deita seus raios sobre as árvores, que, por sua vez, acolhem os passarinhos em seus ramos.

Os olhos de Virginia encheram-se de lágrimas, e ela levou as mãos ao rosto, sussurrando:

— O senhor está se referindo ao Jardim da Morte... O lugar onde os mortos são sepultados.

— Sim... A Morte deve ser tão bonita! Deitar calmamente na terra úmida, com a relva nova movendo-se ao sabor do vento, tudo tão silencioso... Sem ontem nem amanhã, esquecer o tempo para sempre, ter e estar em paz. Virginia... — O fantasma teve uma ideia e olhou fixamente para os olhos da garota. — A senhorita pode me ajudar... Abra os portais da Morte para mim. Afinal, o Amor está sempre ao seu lado, e o Amor é mais forte do que a própria Morte.

Virginia sentiu um frio correr pela espinha. Não sabia o que lhe dizer. Parecia que estava tendo um pesadelo, mas era tudo verdade.

Então Simon falou novamente, e sua voz, dessa vez, mais parecia o sussurro do vento:

— A jovem já leu a inscrição na janela da biblioteca?

— Já a li muitas e muitas vezes, até a decorei... — A voz dela quase não saía da boca, de tanto medo. Respirou fundo, criou coragem e continuou: — A inscrição havia sido feita com tinta preta e letras bem estranhas séculos atrás. Diz assim:

Quando uma garota orar por você,
Quando essa garota chorar por você,
E a amendoeira estéril florescer,
Seu ato não será mais vil,
A casa vai ficar quieta e calma,
E a paz reinará enfim em Canterville.

Ao terminar de recitar os versos, Virginia acrescentou:

— Mas não consigo entender seu significado.

— Eles querem dizer que precisa rezar por mim porque eu sou uma pessoa má e não sei fazer orações... Peça perdão e chore por todas as coisas ruins que fiz porque eu não consigo chorar. Ore com fé pela minha alma porque eu não tenho alma nem fé. Se fizer isso com todo o coração, a Morte terá pena de mim e virá me buscar. A senhorita será assombrada por vultos, gritos lancinantes, incontáveis sussurros vão ecoar nos seus ouvidos... mas não tema. Nada irá lhe acontecer. As sombras e os gritos não podem lutar contra a bondade de uma jovem inocente, Virginia.

Ela ficou pensativa por alguns momentos. O fantasma lançou-lhe um olhar de desespero, pois com aquela garota de alma pura e sensível estava a sua única chance de encontrar a paz.

Muito pálida, Virginia caminhou pela sala e, voltando para perto de Simon, respondeu:

— Não vou ter medo. Pedirei à Morte que o leve de uma vez por todas, assim o senhor terá paz!

O fantasma ficou tão contente que subiu numa cadeira e deu um grito de felicidade. Depois, radiante, bateu palmas, pulou da cadeira e, fazendo uma reverência, beijou a mão de Virginia, como um cavalheiro de séculos passados. Os dedos dele eram tão frios que a mão da jovem quase congelou com seu toque, ao contrário da boca, que quase a queimou.

A seguir, o fantasma levou-a até o outro lado da sala, parando em frente a uma tapeçaria pendurada na parede. A tapeçaria era verde e em seu bordado havia alguns caçadores que sopravam suas cornetas de chifres ornados. De repente, ela os ouviu gritando:

— Não entre, Virginia. Não entre.

Mas Simon segurou firmemente a mão da garota para que ela nada temesse. Na mesma tapeçaria, apareceram animais horríveis com olhos vermelhos arregalados e rabo de lagarto, rosnando:

— Tenha cuidado, Virginia! Tenha cuidado!

Ela fechou os olhos e, quando os abriu, levou um susto enorme: a parede estava desaparecendo e uma grande passagem surgia à frente deles. Um vento frio os envolveu, e a jovem sentiu algo puxando sua roupa.

— Entre, rápido... rápido, senão será tarde demais — implorou o fantasma.

Os dois entraram, e a passagem fechou-se novamente.

6
EM PAZ FINALMENTE

"O QUE SERÁ que aconteceu com Virginia? Ela é sempre a primeira a aparecer para o chá", Lucretia estranhava a demora da filha.

— Vá até o quarto de Virginia e diga-lhe que o chá está pronto — Lucretia pediu a uma criada.

Alguns minutos depois, a mulher retornou à presença da patroa, dizendo:

— Ela não está no quarto, senhora... E em nenhum lugar do andar de cima.

Lucretia Otis achou então que a filha pudesse estar no jardim. "Ela adora colher flores para enfeitar a mesa do jantar", lembrou-se, voltando aos seus afazeres.

Já passava das seis horas da tarde, quando Lucretia decidiu ir até o jardim. Mas, depois de procurar em toda a volta da casa, não encontrou Virginia. Preocupada, decidiu avisar o resto da família.

Enquanto Lucretia e os gêmeos vasculhavam os quartos, a casa da criadagem e os jardins, Hiram, Washington e o duque selaram seus cavalos e a procuraram nos bosques próximos à mansão. A certa altura, o sr. Otis lembrou-se de que, alguns dias atrás, havia permitido que um grupo de ciganos acampasse pelas redondezas, num campo considerado propriedade da mansão. Decidido, voltou para casa e pegou sua arma, pois ouvira dizer que aquele grupo era violento. Então, galopou até lá, acompanhado de Washington, Cecil e de dois criados.

Ao chegar ao lugar, porém, os ciganos já tinham partido, nada restando a não ser uma fogueira e alguns pratos sobre a grama.

Washington, Cecil e um dos criados voltaram para casa, enquanto Hiram e o outro serviçal foram até a vila para enviar telegramas a todos os inspetores de polícia da região, informando o acontecido.

"Aqueles terríveis ciganos sequestraram minha filha!", era tudo o que o sr. Otis podia pensar.

Já haviam deixando a vila em direção à estação de trem, quando ouviram um galope. Era o duque de Cheshire.

— Desculpe, senhor, por tê-lo seguido... mas eu tinha que ajudar a procurar Virginia. — Cecil estava arrasado com o desaparecimento daquela a quem tanto amava.

Hiram deu um leve sorriso, comovido com a atitude do rapaz.

— Está bem, Cecil... pode acompanhar-nos. Vamos até a estação de trem... Quem sabe ela foi vista por lá!

Ao chegarem, o sr. Otis conversou com o chefe da estação e descreveu Virginia. Esperava que o homem tivesse visto sua filha na plataforma de embarque, acompanhada de seu sequestrador.

— Não, senhor. Não vi ninguém como a sua filha — respondeu o chefe. — Mas vou ajudá-lo, telegrafando para as outras estações.

Hiram agradeceu e os três, cavalgando o mais rápido que podiam, seguiram até a próxima cidadezinha, que era um famoso refúgio de ciganos. Conversaram com alguns moradores, vasculharam toda a área pública, mas nada.

Quando voltaram para casa, já era quase meia-noite. Enquanto Lucretia era confortada pela sra. Umney, os gêmeos e Washington esperavam por notícias sentados nos primeiros degraus da grande escadaria da sala. Um dos criados trouxe a informação de que um chefe de polícia havia parado o tal grupo de ciganos, mas Virginia não era sua refém. Eles se prontificaram a ajudar nas buscas, pois estavam muito agradecidos pela hospitalidade do sr. Otis quando ali acamparam.

— Procuramos Virginia até na lagoa, pai... — um dos gêmeos choramingou em seguida.

— Será que ela pode ter morrido afogada? — O outro garoto enxugou uma lágrima.

A cada frase proferida, Lucretia soluçava, desesperada.

Um dos empregados achou melhor servir alguma coisa para comer e providenciou rapidamente uma sopa, enquanto um outro arrumava a mesa do jantar.

Todos se sentaram para a refeição, mas quase não tocaram nos pratos. Os gêmeos, sempre tão alegres e barulhentos, estavam mudos.

Então, a mãe pediu que todos fossem para seus quartos.

— Um pouco de sono nos fará bem... — Lucretia acrescentou num fio de voz.

— Também acho, querida. Amanhã bem cedo, vou telegrafar para a Scotland Yard — disse o sr. Otis.

Cecil, Washington e os gêmeos já estavam subindo para os quartos quando o relógio tocou as doze badaladas. De repente, ouviram o barulho de algo caindo ao chão e um grito horrível. Um raio cruzou o céu escuro, e, em seguida, um trovão fez estremecer a casa. O som de uma música fantasmagórica ecoou pela sala. Então, por uma porta secreta na parede do alto da escada, surgiu ninguém mais do que Virginia! Muito pálida, olhos arregalados, trazia uma caixa em suas mãos.

Todos correram ao seu encontro. Lucretia e Hiram abraçaram a filha demoradamente. Depois Cecil também a abraçou e lhe deu o primeiro beijo. A seguir, os três irmãos se puseram a perguntar ao mesmo tempo:

— Onde você estava?

— O que aconteceu?

— Em que lugar ficou escondida?

A garota, muito séria, nem conseguia responder.

— Nunca mais faça isso. — A mãe chorava de alegria.

— Eu, Washington e Cecil passamos horas procurando-a em todos os lugares! — o sr. Otis exclamou. — Nunca mais faça uma brincadeira dessas!

— Só se fizer com o fantasma — disse um dos gêmeos.

— É, com ele você pode — afirmou o outro.

— Agradeço a Deus por estar de volta, minha filha... Nunca mais saia do meu lado, entendeu? — Lucretia não cansava de abraçar e beijar Virginia.

— Esperem... Preciso dizer uma coisa... — E Virginia dirigiu-se ao pai. — Eu... eu estive com o fantasma de Canterville. Ele está morto, e você precisa vê-lo. Ele foi um homem muito mau, mas arrependeu-se de tudo o que fez e me deu essa caixa de joias preciosas antes de morrer.

Perplexos, todos se aproximaram para olhar o interior da caixa. Era impossível descrever as belas joias que viram ali dentro.

Tentando recuperar a calma, Virginia pediu aos familiares e a Cecil que a acompanhassem pela passagem secreta. Hiram, Washington e o duque acenderam algumas velas, colocando-as em castiçais, e todos, receosos do que estava por vir, seguiram a jovem através da passagem secreta.

Caminharam por alguns segundos até que alcançaram uma grande porta de carvalho. Quando Virginia a tocou, ela se abriu lentamente, fazendo ranger as velhas dobradiças. Passaram assim para uma saleta que continha um teto baixo e uma minúscula janela com barras de ferro.

— Olhem! — Washington iluminou uma parede com seu castiçal.

Um anel de ferro prendia um esqueleto, caído no chão. O que fora a mão direita um dia estava próxima de um prato, um copo e uma jarra, como se tivesse morrido querendo alcançá-los. O jarro estava coberto de musgo. No prato não havia nada, a não ser um monte de poeira e teias de aranha.

— É o esqueleto de *sir* Simon de Canterville. — Virginia ajoelhou-se ao lado dele e, juntando as mãos, começou a rezar.

Agora todos tinham descoberto a terrível tragédia que se abatera sobre os Cantervilles.

Um dos gêmeos levou seu castiçal para perto da janelinha. Ao espiar para fora, reconheceu a velha amendoeira, gritando:

— Já sei em que ala da casa nós estamos!

— A amendoeira está florescendo! — exclamou o outro ao lado do irmão.

Virginia terminou sua oração e deu um longo suspiro, dizendo:

— Deus perdoou o sr. Simon, e agora ele pode descansar em paz. — O rosto dela parecia estar banhado por uma luz tênue e suave.

— Você é mesmo um anjo! — Cecil abraçou a garota, encantado com a sua fé e bondade.

7
UM ETERNO AMOR

QUATRO DIAS SE passaram após esses inusitados acontecimentos. Virginia reuniu a família para explicar como o sr. Simon de Canterville queria seu funeral. Hiram e Lucretia concordaram com o último desejo do fantasma. Acreditavam que a vontade de um morto deveria ser cumprida.

Assim, às onze horas da noite, uma carruagem puxada por oito cavalos pretos, com as cabeças ornadas por penas de avestruz, conduziu o caixão coberto por uma mortalha roxa, bordada em ouro, com o brasão dos Cantervilles. Ao lado da carruagem fúnebre, os empregados seguiam levando tochas acesas.

Lorde Canterville compareceu para o enterro do antepassado. Sua carruagem seguia logo atrás. Depois, ia a da família Otis e, por último, a da sra. Umney com alguns empregados. Ela fez questão de acompanhar o féretro, pois tinha sido assustada pelo fantasma durante mais de trinta anos.

Quando a carruagem fúnebre parou, o condutor e dois ajudantes tiraram o caixão e o colocaram sobre a relva, debaixo de uma árvore frondosa. Todos desceram de seus veículos e aproximaram-se do sepulcro, que já tinha sido deixado aberto. Assim que os três homens abaixaram o caixão até o fundo da cova, os empregados, de acordo com a tradição da família Canterville, apagaram suas tochas. Virginia aproximou-se e colocou ao lado da sepultura um arranjo de rosas brancas em forma de cruz. Naquele exato momento, a lua saiu de trás de uma nuvem e inundou o céu com seus raios prateados. Um rouxinol começou a cantar ao longe, e a sua linda melodia aqueceu o coração de todos os que estavam presentes. A garota então pensou em como o fantasma de Canterville tinha ansiado por aquele momento. E os olhos dela se encheram de lágrimas.

Na volta para casa, Virginia não falou uma só palavra. Todos se dirigiram para seus respectivos quartos silenciosamente.

Na manhã seguinte, antes que lorde Canterville partisse, Hiram Otis mostrou-lhe a caixa de joias, contando-lhe tudo o que acontecera.

— As joias pertencem a sua família, lorde Canterville. — O sr. Otis estendeu-lhe a caixa.

Lorde Canterville ficou boquiaberto com as joias, especialmente com um colar de rubis do século XVI.

— Nós jamais poderíamos ficar com uma herança tão valiosa que pertence a sua família... — Hiram ponderou. — Tenho apenas um pedido a fazer... um pedido que é de Virginia... Ela gostaria de guardar essa caixa como lembrança do acontecimento ao mesmo tempo triste e inusitado. Dou a minha palavra que farei de tudo para restaurá-la.

— Fico surpreso pelo interesse de sua filha, tão jovem ainda, por uma antiguidade. Isso não é nada próprio da idade dela, não acha? — lorde Canterville indagou.

— Quanto a isso, confesso que também me surpreendi e só posso atribuir esse gosto ao fato de Virginia ter nascido em Londres, quando voltávamos de uma viagem a Atenas. Acredito que esse seu interesse por objetos antigos nada mais é do que fruto dos ares ingleses...

Lorde Canterville escutou a tudo atentamente, alisando o bigode de vez em quando e assentindo com a cabeça. Quando o ministro terminou, apertou-lhe a mão, dizendo:

— Sr. Otis, não tenho palavras para agradecer o que sua filha fez por minha família. Ela foi maravilhosa, um exemplo corajoso a ser seguido. Mas, quando o senhor comprou esta casa, comprou tudo o que estava aqui dentro, inclusive o fantasma e as joias que ele guardava. Tudo o que pertencia a ele pertence a vocês agora. Se eu ficasse com as joias, garanto que o fantasma iria atrás de mim até que eu as devolvesse a Virginia, a quem ele quis, de coração, presentear. Quando ela for mais velha, saberá apreciá-las.

Hiram Otis tentou persuadir lorde Canterville do contrário, mas não conseguiu. O lorde se despediu de todos e abraçou Virginia, desejando-lhe toda a felicidade do mundo.

Desde então, muito tempo se passou. Os gêmeos cresceram, Washington tornou-se um homem de negócios e Virginia... Bem, ela se casou com Cecil, o homem dos seus sonhos. No dia do casamento, Virginia usou, pela primeira vez, uma das joias que ganhou do fantasma de Canterville. Até a rainha da Inglaterra, que estava presente, surpreendeu-se com a suave beleza da jovem e o lindo colar que lhe adornava o pescoço.

Os convidados sussurravam ao vê-la:

— Que linda! E que joia maravilhosa!

Depois da lua de mel, o duque e a duquesa foram morar na mansão de Canterville. No mesmo dia de sua chegada, à tarde, eles foram visitar a sepultura de Simon.

— Decidimos gravar apenas as iniciais do nome do nobre cavalheiro e os versos da janela da biblioteca — Virginia explicou ao marido, depositando na lápide um ramalhete de lindas rosas.

Em seguida, ela fez uma oração silenciosa, e o casal caminhou de mãos dadas pelo bosque de pinheiros.

— Uma esposa não deve ter segredos para o marido — Cecil disse subitamente, olhando para a jovem mulher.

— Mas eu nunca escondi nada de você — Virginia respondeu.

— Então por que não me conta o que aconteceu com você e o fantasma naquele dia em que ficou desaparecida...

— Não me peça isso, Cecil. Eu nunca poderei contar a ninguém... — Ela estava séria.

— Nem a mim? Eu não direi uma só palavra a quem quer que seja... — o marido prometeu, sorrindo.

— Por favor, Cecil, não posso contar. Pobre sr. Simon! Eu devo muito a ele. Não, não dê risada... Ele me fez entender o que a Vida e a Morte significam e que o Amor é muito mais forte que os dois juntos.

O duque então beijou sua esposa nos lábios com carinho.

— Está certo. É melhor manter o segredo só para você. A única coisa que quero é seu amor, Virginia. E para sempre!

— Você sempre terá o meu amor, Cecil. E ele será eterno — ela disse, feliz como nunca.

— Um dia você contará esse segredo a nossos filhos?

Virginia não respondeu, apenas fechou os olhos e beijou novamente aquele a quem amaria até morrer.

OS IRMÃOS CORSOS
Alexandre Dumas

Adaptação de Telma Guimarães Castro Andrade

ALEXANDRE DUMAS, PAI.

Francês, nasceu em Villers-Cotterêts, em 1802, e morreu
em Paris, em 1870. Iniciou sua carreira de escritor em 1829,
com a peça de teatro Henrique III e sua corte. Foi um homem
de espírito turbulento e agitado, grande viajante e apaixonado
pela vida boêmia. Apesar de ter se casado em 1840 com
a atriz Ida Ferrier, teve pelo menos três filhos com outras
mulheres. Um deles foi batizado com o mesmo nome do
pai e também se dedicou à literatura, sendo conhecido
como Alexandre Dumas, filho.

Famoso e bem remunerado por suas atividades, Dumas,
pai, vivia além de suas posses, envolto em inúmeros projetos,
para quitar suas dívidas. Criou um estúdio de produção
de peças teatrais, romances, novelas de folhetim, críticas
e ensaios. Mesmo contando com dezenas de colaboradores,
o resultado final sempre recebia sua atenta apreciação.
Há centenas de obras de sua autoria; foram catalogadas
177 após sua morte. Entre seus famosos romances históricos,
destacam-se a trilogia Os três mosqueteiros (1844), Vinte
anos depois (1845) e Visconde de Bragelonne (1847),
do qual faz parte O homem da máscara de ferro;
O quebra-nozes (1844); O conde de Monte Cristo
(1845-1846); A tulipa negra (1850), etc.

Os irmãos corsos (1841) nasceu de um de seus relatos de
viagem, quando visitou a ilha da Córsega e a usou como
cenário da vibrante história dos gêmeos Louis e Lucien.
Os dois jovens podem ser semelhantes fisicamente, mas
revelam muitas diferenças de caráter e comportamento.
Enquanto Lucien se define um corso típico, dedicado a
atividades físicas, à caça e às armas, seu irmão Louis prefere
ler as obras de grandes personalidades e formar-se advogado
na França. O narrador-personagem, que é o próprio Alexandre
Dumas, conhece ambos os rapazes e acaba presenciando
um estranho caso de vingança, quando Lucien vai a Paris
a pedido do irmão morto recentemente em um duelo.
A questão que intrigou o escritor e intriga os leitores ao
longo dos séculos é: Como os irmãos mantiveram tal contato
psíquico? É possível essa união de irmãos gêmeos transcender
a própria morte?

1
ABRIGO POR UMA NOITE

NA PRIMEIRA QUINZENA de março de 1841, eu estava viajando pela Córsega, uma ilha diferente de tudo o que já vi. Embora pertença à França, sofreu grande influência da Itália; sendo assim, seus habitantes falam tanto o francês quanto o corso, idioma local que é mistura de latim e italiano.

Quem embarca no porto francês de Toulon leva vinte horas até Ajaccio, capital da Córsega fundada por genoveses, e por volta de vinte e quatro horas até a cidade de Bastia. Então, existem duas possibilidades para seguir viagem: alugar ou comprar um cavalo.

Seja qual for a opção do viajante, sugiro que suba no animal, feche os olhos e deixe-se conduzir pelas estradas rústicas. Ao visitar um castelo ou alguma torre antiga, o cavalo se contentará em pastar e comer a grama fresca das colinas.

Quanto à hospedagem, basta parar numa cidadezinha, escolher a casa que mais lhe agradar e bater à porta. Num instante, o proprietário lhe oferecerá pernoite, com direito ao melhor quarto e boa comida.

Pois bem, como já tive oportunidade de dizer, fiz esse passeio em março. Comprei um cavalo quando cheguei a Bastia e, no mesmo dia, fui de Sartène a Sullacaro. Embora a distância não fosse grande, viajei acompanhado de um guia, com medo de me perder nas trilhas. Levamos cinco horas até o alto da montanha de onde se podia ver a aldeia de Sullacaro.

— Onde o senhor vai dormir? — o guia quis saber.

O vilarejo estava quase deserto, apenas duas ou três senhoras caminhavam depressa.

"Em qual dessas casas eu poderia pedir hospedagem?", eu pensava, até que meus olhos pararam numa propriedade erguida como uma fortaleza.

— Acho que aquela mansão de pedra seria perfeita! — Apontei-a para o guia. — Você vê algum problema em que eu peça pousada nessa casa?

— De jeito nenhum. A proprietária é uma viúva com dois filhos gêmeos.

Do alto dos meus trinta e seis anos, fiquei pensando na idade daquela mulher. Seria muito idosa ou jovem ainda?

O guia pareceu ter lido meus pensamentos, pois acrescentou:

— Dona Savilia de Franchi tem quarenta anos, senhor. Um dos filhos mora com ela e o outro vive em Paris.

— Que idade eles têm? — perguntei, enquanto cavalgávamos até a vila.

— Cerca de vinte e um anos.

— E qual é a profissão deles?

O guia contou então que o rapaz que morava em Paris seria advogado e o outro irmão, um corso.

Achei engraçado. E corso era profissão?

Em alguns minutos, chegamos à aldeia. Mesmo simples, as casas eram verdadeiras fortalezas. A parte mais baixa das janelas era fechada com madeira, deixando apenas espaço suficiente para que uma arma de fogo passasse. Outras janelas tinham sido fechadas com tijolos.

À medida que caminhávamos, o vilarejo tomava um aspecto mais profundo de solidão e tristeza. Várias casas traziam marcas de balas em suas grossas paredes.

Às vezes sentia-me observado, mas não sabia por quem.

Quando nos aproximamos da propriedade da viúva, notei que aquela era a única cujas janelas não tinham sido protegidas por madeira nem tijolos. Suas vidraças deviam estar lá havia muitos e muitos anos, pois pareciam bem antigas.

Um criado surgiu, logo depois que meu guia bateu à porta.

— Amigo... — comecei a falar — preciso de um lugar para passar esta noite. Será que sua patroa se importaria em me hospedar?

— De modo algum, senhor. É uma honra receber um estrangeiro. — Em seguida, ele se virou e ordenou a uma outra criada, que se encontrava logo atrás dele: — Maria, vá até o quarto da patroa e avise-a de que um viajante francês está pedindo abrigo por uma noite.

Então o criado desceu alguns degraus e tomou as rédeas do meu cavalo.

Desmontei e fui em direção ao interior da casa. Logo que passei o corredor, encontrei uma mulher vestida de preto, ainda bem bonita.

— Desculpe a invasão, senhora. Fui entrando... — disse, inclinando-me para cumprimentá-la.

— Seja bem-vindo. A casa é sua.

— Será apenas por esta noite, senhora. Partirei amanhã cedo.

Atenciosa, a viúva respondeu que eu poderia ficar mais tempo se fosse preciso. Em seguida, pediu à criada que me levasse ao quarto de seu filho Louis e que deixasse o meu banho preparado.

— Por favor, senhor, acompanhe Maria — a sra. de Franchi disse-me com delicadeza. — O jantar será servido daqui a uma hora. Meu filho também estará presente.

Agradeci a boa acolhida e segui a criada até o andar de cima.

As janelas do quarto se abriam para um lindo jardim. Como em quase todos os dormitórios italianos, tinha as paredes caiadas e ornamentadas com paisagens pintadas em afresco.

Percebi, num passar de olhos, que era o quarto ocupado pelo filho que morava fora. A mobília era bastante moderna para uma ilha tão afastada da civilização. A cama de ferro tinha três colchões muito fofos e um travesseiro enorme. Do outro lado, havia um divã, quatro poltronas, seis cadeiras, duas estantes e uma escrivaninha. As cadeiras e as poltronas eram forradas com o mesmo tecido floral das cortinas.

As estantes estavam repletas de livros de nossos grandes poetas: Racine, Molière, La Fontaine, Victor Hugo, Lamartine; nossos historiadores, Mèzeray, Châteaubriand, A. Thierry; nossos homens científicos, Cuvier, Beudant, Elie de Beaumont; alguns romances e, para meu espanto e orgulho, uma publicação minha: *Impressões de viagem*. Havia também alguns manuscritos sobre os meios de abolir a *vendetta* e algumas poesias em francês e em italiano.

"Esse rapaz, Louis de Franchi, é um estudioso e admirador da reforma francesa. Deve ter ido a Paris com a intenção de formar-se advogado", pensei.

Resolvi apressar-me, caso contrário me atrasaria para o jantar. Refresquei-me e troquei de roupa.

Mal tinha calçado os sapatos, ouvi uma batida à porta. Era o criado, avisando:

— O sr. Lucien de Franchi acabou de chegar e gostaria muito de conhecê-lo.

— Estou pronto para recebê-lo. — Fiquei honrado.

2
O JOVEM LUCIEN DE FRANCHI

RAPIDAMENTE, LUCIEN SUBIU os degraus que levavam ao andar superior, surgindo na porta do quarto. Como já me dissera meu guia, tinha por volta de vinte e um anos de idade, olhos e cabelos bem pretos. Usava uma roupa própria para caçada e segurava um rifle.

— Desculpe perturbá-lo, senhor, mas é notável receber alguém do continente em nosso vilarejo tão selvagem.

— Imagine! — respondi, convidando-o a entrar. — Acho que está enganado quanto ao vilarejo selvagem... Comparo este quarto tão confortável e a vista maravilhosa às melhores acomodações francesas que conheço.

— Ah, isso é mania do meu irmão Louis... — Lucien explicou. — Mas duvido que ao voltar de Paris ele mantenha o quarto desta forma.

— Faz tempo que seu irmão está fora? — indaguei.

— Seis meses, senhor.

— Ele vai demorar a voltar?

— Daqui a três ou quatro anos...

Comentei que era uma longa separação para dois irmãos, ainda mais gêmeos, e Lucien concordou prontamente.

— Já foi visitá-lo? — eu quis saber.

— Não, não saio da Córsega. Pode parecer esquisito que eu não queira me afastar desta terra tão pobre, mas nas minhas veias corre a seiva das nossas árvores. Não poderia viver sem esse mar, essa liberdade que me envolve.

— Então são gêmeos só na aparência? — perguntei.

— Tão parecidos que quando pequenos nossos pais marcavam minhas roupas e as de meu irmão para nos diferenciar.

— E depois que cresceram?

Lucien contou que passaram a ter hábitos e gostos diferentes. Enquanto Louis estudava, ele preferia correr ao ar livre. Por causa do sol, sua pele tornara-se mais morena que a do irmão, sempre trancado no quarto, debruçado sobre os livros.

De repente, Lucien se deu conta de que o jantar logo seria servido e ele ainda não havia trocado de roupa. Assim, para que nossa prazerosa conversa não fosse interrompida, convidou-me a segui-lo até seus aposentos.

Ao tirar as botas sujas de lama, disse-me que teria um encontro mais à noite.

Fiquei observando aquele quarto tão diferente do que o que eu estava acomodado. A mobília era dos séculos XV e XVI; a cama em dossel estava cercada por cortinas verdes com flores douradas; as paredes, forradas com legítimo couro espanhol. Fiquei impressionado com a quantidade de armas antigas e modernas penduradas nas paredes.

"Dois irmãos... um é paz, o outro, guerra!", pensei.

Após se vestir, Lucien me explicou as armas mais importantes: o punhal que pertencera a um famoso assassino, o sabre de Napoleão Bonaparte e algumas espadas. Duas espingardas intrigaram-me, pois traziam a inscrição: 21 de setembro de 1819, onze horas da manhã.

A conversa teria ido noite adentro se o criado não nos tivesse interrompido para avisar que o jantar já estava sendo servido.

— Aquelas duas espingardas datadas de 1819 também são armas históricas? — indaguei, curioso, ao deixar o quarto acompanhado de Lucien.

— Para minha família, sim. Uma pertenceu ao meu pai e a outra é de minha mãe. Mas é melhor nos apressarmos. — E o rapaz deu o assunto por encerrado.

Enquanto descíamos, fiquei pensando no fato de a sra. de Franchi possuir um rifle. Era algo muito incomum, com certeza.

Lucien pediu desculpas pelo atraso ao entrar na sala.

— A culpa foi toda minha, senhora — apressei-me a dizer. — É que seu filho me mostrou tantas coisas interessantes que acabei fazendo mais perguntas do que deveria.

— Não se preocupe — a sra. de Franchi me respondeu. Em seguida, dirigiu-se ao filho: — Estou aflita querendo saber notícias de Louis.

— Algum problema com seu filho que mora em Paris? — perguntei, sentando-me no lugar indicado pelo criado.

42 | OS IRMÃOS CORSOS

— Lucien acha que sim... — ela falou com a voz embargada.

Num primeiro momento, achei que Louis tivesse enviado uma carta ao irmão, mas logo Lucien me explicou que tivera um pressentimento.

— Como você já deve saber, somos gêmeos... — o rapaz continuou. — Ao nascer, éramos ligados no quadril por uma membrana, que foi cuidadosamente retirada.

— Eu não poderia imaginar! — exclamei, enquanto Maria servia o jantar.

— Apesar de separados, continuamos tendo o mesmo corpo, de modo que qualquer golpe ou queda que um sofre, o outro também sente. Ultimamente, sem motivo aparente, tenho sentido uma grande tristeza. Com certeza, meu irmão está passando por alguma dificuldade.

— O que importa é saber se ele está vivo — a mãe falou, com um leve arrepio.

— Se meu irmão estivesse morto, eu o teria visto...

— Mas você me diria a verdade? — Ela parecia angustiada.

— Claro que sim, mãe — Lucien assegurou.

Então, a sra. de Franchi desculpou-se por não ter conseguido refrear a sua ansiedade em minha presença. Lucien e Louis não eram somente seus únicos filhos, mas também os últimos de sua linhagem.

Fiquei pensando em tudo aquilo que ouvira, na estranha ligação de um irmão com o outro e também no inesperado apelo da mãe. Como uma mulher com aparência tão frágil possuía um rifle como o que eu vira no quarto de Lucien?

— O senhor já está concluindo sua visita à Córsega? — o rapaz interrompeu meus pensamentos.

— Sim, planejei esta viagem há muito tempo e fico feliz de estar em seu término.

— Ainda bem que não demorou mais a vir, porque em alguns anos a Córsega estará tão parecida com a França que ninguém mais reconhecerá nossos costumes.

— De qualquer modo, pensei ter visto um belo quadro das nobres tradições da Córsega — opinei.

Lucien, por sua vez, citou o exemplo de seu próprio irmão, que, quando voltasse, estaria tomado por influências francesas. Com certeza, mudaria para uma cidade maior e passaria seu tempo advogando contra os pobres e oprimidos.

A conversa acabou fluindo para o meu lado.

— Sr. Alexandre, acredito que veio à Córsega para conhecer alguma aldeia em *vendetta*, seus mistérios e bandidos... — Lucien arriscou um palpite. — Se realmente for essa a sua intenção, acompanhe-me esta noite, e eu lhe mostrarei um bandido.

Não pude deixar de sorrir da descoberta do meu novo amigo, e concordei, animado com o convite:

— Gostaria muito de acompanhá-lo, sim! Aliás, notei que a casa de vocês é a única que não tem proteções nas janelas...

Lucien então contou que ele também se degenerava, pois, em vez de ter tomado partido de uma das duas famílias — os Orlandis e os Colonnas — em *vendetta* havia dez anos, como qualquer um de seus antepassados teria feito, ele acabara se tornando o mediador dessa disputa. O motivo da guerra que desolava a aldeia de Sullacaro era completamente fútil: uma galinha fugira do cercado dos Orlandis e voara para o lado dos Colonnas. Os Orlandis reivindicaram-na, mas os Colonnas disseram que ela lhes pertencia. A família Orlandi ameaçou levar o caso para a justiça. A matriarca dos Colonnas, que trazia a galinha em suas mãos, torceu o pescoço da ave, matando-a. Depois disso, atirou-a nos vizinhos, sugerindo que eles a comessem, já que reclamavam a sua propriedade. Um dos Orlandis segurou a galinha pelos pés e ameaçou jogá-la de volta em seu desafeto. Por infelicidade, um dos Colonnas, munido de uma arma, atirou, matando o homem que segurava a ave.

Impressionado com a tragédia, perguntei quantas pessoas tinham sido mortas até o momento, e Lucien respondeu:

— Nove pessoas, senhor.

— E tudo por causa de uma simples galinha? — Eu não podia acreditar.

— Exatamente. Entretanto, nessas disputas o mais importante é o resultado, e não a causa. Agora, para que não haja mais mortes, tornei-me o juiz do caso.

O assunto ficava cada vez mais interessante. Imaginei que Lucien fora chamado por uma das famílias envolvidas a interferir na questão. Contudo, logo descobri estar enganado, pois o rapaz acrescentou, parecendo ler meus pensamentos:

— A pedido de meu irmão, falei com um Colonna ontem; hoje falarei com um Orlandi.

— E onde será o encontro com o Orlandi?

— Nas ruínas do Castelo de Vicentello d'Istria, a uma légua daqui — a sra. de Franchi interrompeu a nossa conversa, sugerindo que não tínhamos tempo a perder.

Terminei meu jantar e, ao último gole de vinho, disse a Lucien:

— Você me prometeu um bandido. Então vamos nos apressar, porque quero conhecê-lo o mais rápido possível!

— Partiremos assim que pegarmos nossas armas, meu amigo. — Ele sorriu, tentando acalmar a mãe que aparentava preocupação.

Pedi licença a minha anfitriã e subi para o meu quarto, enquanto Lucien foi para o dele. Prendi minha faca de caça no cinto de couro. Costumava colocar a pólvora de um lado do cinto e o chumbo do outro. Achei conveniente levar uma espingarda também.

Ao descer, encontrei Lucien com seu rifle e a munição.

Griffo, o criado, apareceu todo esbaforido, querendo saber se desejávamos sua companhia.

Lucien achou desnecessária, pois levaria Diamante, um enorme cão de caça.

Já estávamos nos afastando da casa, quando o rapaz gritou para Griffo:

— Avise o pessoal da aldeia que, se ouvirem tiros na montanha, somos nós caçando faisões. Caso contrário, pensarão que o Orlandi nos recebeu à bala e isso poderá se refletir aqui no vilarejo.

Assim, seguimos à direita por uma ruazinha estreita que nos conduziria à colina.

3
UMA ESTRANHA COINCIDÊNCIA

A BRISA SOPRAVA morna, e o perfume do mar logo invadiu a noite. A lua apareceu, clara e brilhante, sobre o monte de Cagna.

Lucien parecia bem familiarizado com os estranhos ruídos a nossa volta.

Quando chegamos a uma encruzilhada, ele perguntou:

— O senhor tem medo de altura?

— Pelo contrário, a altura muito me atrai — respondi educadamente.

Lucien apontou qual caminho iríamos tomar. Aquele atalho nos faria economizar um bom tempo.

Entramos por um bosque, com Diamante a nossa frente. O alegre cão ia abanando o rabo, como se estivesse assegurando a ausência de perigo.

— Que belo cão de caça — elogiei.

— Ele não só caça animais como também... bandidos.

— O que está me dizendo? — Eu estava atônito.

— Diamante era de um Orlandi, que se tornara um bandido depois da *vendetta*. Como o senhor bem sabe, não se deve confundir ladrões, que roubam, assaltam e podem até matar por causa de dinheiro, com bandidos. De vez em quando, eu amarrava no dorso de Diamante um bom pedaço de pão, munição, essas coisas que um bandido necessita para viver, e o cão levava tudo até seu dono. Quando este foi morto por um Colonna, Diamante retornou a minha casa e nunca mais saiu.

Comentei com Lucien que eu também já observara um outro cachorro da janela do meu quarto. O rapaz explicou que o animal era de um Colonna, que havia sido morto por um Orlandi. Dessa forma, quando Lucien visitava um Orlandi, levava o Diamante; quando saía para ver um Colonna, preferia a companhia de Brusco, o outro cachorro. Se os dois animais se encontrassem, devorariam um ao outro. Quanto às duas famílias, um dia poderiam se reconciliar, porém o mesmo não aconteceria com os cachorros.

Olhei à nossa volta. Enquanto falávamos de Diamante, este havia desaparecido.

Lucien pareceu ter lido meus pensamentos, pois disse:

— Diamante está na sepultura...

— Sepultura? De quem? — estranhei.

Então, ouvimos um uivo bem triste por perto. O cachorro parecia estar chorando.

Lucien explicou que Diamante estava na sepultura de seu antigo dono, uivando de saudade. Ele fazia isso desde que o homem morrera.

Caminhamos uns cinquenta metros adiante e nos deparamos com um monte de pedras brancas, formando uma pirâmide de quase um metro de altura. Era o Mucchio. Ao lado daquela estranha sepultura, estava Diamante. Lucien tirou o chapéu em sinal de respeito e depois fez uma oração. Fiz o mesmo. O cachorro pareceu ter entendido e parou de uivar.

A seguir, continuamos nossa jornada, quietos e pensativos. Diamante ficou para trás. Aproximadamente dez minutos depois, voltamos a ouvir o uivo do cão, que em instantes retomava seu lugar a nossa frente.

O caminho tornava-se cada vez mais íngreme. Coloquei minha espingarda a tiracolo, pois precisava de minhas mãos para afastar os galhos das árvores e dos arbustos que surgiam diante de nós. Lucien parecia conhecer aquela trilha até de olhos fechados e nem se importava com as dificuldades do terreno pedregoso. Pudera! Quantas e quantas vezes teria atravessado tudo aquilo?

Depois de alguns minutos subindo, alcançamos uma espécie de plataforma dominada por algumas paredes arruinadas.

— Isso é o que sobrou do Castelo de Vicentello d'Istria — informou Lucien.

Para chegarmos ao terraço, no lance superior, tivemos que seguir por um caminho ainda mais difícil que o anterior.

— Pronto! Eis o pavimento superior. Há quatrocentos anos, meus antepassados teriam aberto as portas do castelo para que você entrasse; agora sou eu quem lhe abre as portas desta construção em ruínas; mas, mesmo assim, lhe dou as boas-vindas! — O rapaz sorriu.

— Quer dizer que este castelo pertence a sua família desde a morte de Vicentello d'Istria? — indaguei.

— Na verdade era a residência de uma antepassada comum chamada Savilia, viúva de Lucien de Franchi, com quem tivera dois filhos. Daqui de cima, à luz do sol, dá para avistar as ruínas do Castelo de Valle, onde viveu o sr. de Giudice. Ele era um homem de má índole e também muito feio, que se apaixonou pela bela e cândida Savilia. Ela não gostava de Giudice e recusou todos os seus apelos apaixonados. Irritado ao extremo, ele a ameaçou dizendo que, se não o aceitasse como marido, a levaria à força para a casa dele. Savilia fingiu ceder e convidou Giudice para um jantar. Louco de contentamento, ele compareceu ao castelo da amada acompanhado somente por dois criados. Assim que entraram na propriedade, os criados de Savilia fecharam as portas e prenderam Giudice no calabouço.

Caminhamos até um pátio. A lua brilhava pelos escombros, lançando raios no chão coberto de entulho.

— Chegamos com vinte minutos de antecedência. — Lucien conferiu as horas. — Vamos nos sentar um pouco.

Procuramos um lugar para descansar, e Lucien continuou a contar a história.

— Todas as tardes, Savilia descia até o calabouço e exibia a sua nudez ao prisioneiro. No final do terceiro mês de tortura, Giudice conseguiu subornar a criada que lhe trazia a comida e fugir. Alguns dias depois, voltou com seus homens, invadiu o castelo e sequestrou Savilia. Colocou-a numa jaula de ferro, com pouquíssima roupa, exibindo-a numa clareira da floresta para todos que por ali passassem. Fraca e amedrontada, Savilia morreu após alguns dias.

— Pelo que entendi, seus antepassados sabiam muito bem como se vingar dos desafetos. E o que aconteceu com os filhos de Savilia? — Eu estava curioso.

— Os dois ficaram sob os cuidados de um tio e foram educados como corsos. Eles continuaram a combater os filhos de Giudice. Essa guerra durou quatro séculos e só terminou na data inscrita nas espingardas dos meus pais: 21 de setembro de 1819, às onze horas da manhã.

— Ah, eu me lembro de ter lido essa inscrição antes de descermos para o jantar.

— Em 1819 só restavam dois irmãos da família Giudice; da família Franchi, somente o meu pai, que se casou com uma prima — Lucien continuou a contar. — Três meses após o casamento, os Giudices planejaram uma emboscada para acabar com nossa família. Um dos irmãos ficou de tocaia na estrada para Olmeto, pois aquele era o caminho que meu pai fazia ao retornar de viagem. Enquanto isso, o outro irmão atacaria minha mãe, em casa. O resultado não foi o esperado. Prevenido, meu pai tomou algumas precauções. Minha mãe, que fora avisada, chamou os nossos pastores; assim, no momento do duplo ataque, os dois estavam em posição de defesa: minha mãe em seu quarto e meu pai, na montanha. Tão logo foi atacado na emboscada, meu pai defendeu-se, matando seu agressor. Ao abaixar-se para pegar o relógio que tinha caído, viu que eram onze horas. Minha mãe fez o mesmo, munida de seu rifle. O rapaz caiu junto a um grande relógio, que também marcava onze horas. Os inimigos de meus pais morreram no mesmo minuto, não restando mais nenhum descendente dos Giudices. Assim, a família Franchi passou a viver em paz, não tornando a entrar em nenhuma outra disputa. Meu pai marcou a data e a hora dessa estranha coincidência nos dois rifles, colocando-os junto ao relógio, onde o senhor os viu. Passados sete meses, minha mãe deu a luz aos gêmeos, um dos quais está contando essa história ao senhor agora.

De repente, vimos a sombra de um homem e seu cachorro.

O relógio da igreja bateu nove horas, e senti um arrepio na espinha.

4
O PEDIDO DE RECONCILIAÇÃO

— POR QUE TROUXE outra pessoa com você, Lucien? — Orlandi perguntou, com uma voz de dar medo.

O rapaz tranquilizou-o, dizendo que eu tinha ouvido falar dele e queria conhecê-lo. Então Orlandi caminhou em nossa direção, dando-me as boas-vindas.

— Chegaram há muito tempo? — Orlandi perguntou em seguida.

— Há mais ou menos vinte minutos — Lucien respondeu.

— Eu ouvi os lamentos de Diamante. Ele é mesmo um cão fiel, não concordam? — O homem alisou a cabeça do animal, que abanava o rabo.

Sem esperar resposta, Orlandi fez um gesto a Lucien, e os dois se afastaram dali. Envoltos pelo luar brilhante, suas silhuetas ganharam um ar sobrenatural.

De onde eu estava, podia observá-los ao longe. Orlandi era um homem bem alto, usava uma barba comprida e vestia-se como um camponês. Embora não me fosse possível escutar nada do que falavam, conseguia perceber claramente que Orlandi não aceitava os argumentos de Lucien, pois gesticulava com nervosismo. Aos poucos, Lucien deve tê-lo convencido de algo, já que o outro foi abrandando os modos até a tranquilidade tomar conta de seus gestos. A conversa foi finalizada com um forte aperto de mão, e os dois voltaram a se juntar a mim.

— Você poderia ser nossa testemunha? — Lucien me perguntou.

Levei um susto. Testemunha de quê? Bem, só podia ser de algum acordo firmado entre eles.

Mesmo sem saber exatamente do que se tratava, estendi minha mão a Orlandi, que aceitou prontamente o oferecimento.

— Quando voltar a Paris, avise meu irmão de que tudo está resolvido. Ele vai ficar contente.

— Selei algum acordo, alguma aliança em nome da paz? — indaguei, curioso.

Orlandi deu um sorriso misterioso, respondendo secamente:

— Paz, sim, mas não uma aliança.

Em seguida, Lucien se despediu de Orlandi, dizendo:

— Até amanhã. Às dez horas estarei no final da rua. Colonna também vai estar lá, com seus amigos e parentes, esperando por você. Ficaremos na frente da igreja, combinado?

— Combinado — Orlandi respondeu.

E, antes de voltar para as ruínas do castelo, ele acenou para mim em despedida.

Ao longe, um faisão cacarejou; Lucien e eu fomos ao seu encontro no castanheiro próximo dali.

— Vamos abatê-lo. — O rapaz preparou sua arma. — Você gostaria de atirar primeiro?

Respondi que não. Minha pontaria não era lá das melhores, e qualquer um, principalmente Lucien, atiraria melhor do que eu, homem típico da cidade.

Estávamos a alguns passos de onde vinha o cacarejar, quando o rapaz começou a imitar o canto da ave. Instantes depois, ouvimos um barulho de folhas, e o faisão apareceu no alto de uma castanheira.

Lucien apontou na direção do animal e deu um tiro certeiro, matando-o.

— Vá buscá-lo, Diamante — o rapaz ordenou ao cachorro, que, em alguns segundos, voltou trazendo-o na boca.

— Que pontaria! — elogiei a destreza do meu amigo.

— Não é bem assim... A arma é muito boa. — Lucien sorriu.

— Torno a dizer: um tiro perfeito! — exclamei. — Até com pistola você é tão preciso?

— Imagino que sim. Mas nunca se sabe... — ele respondeu, ainda sorrindo.

Tirei meu chapéu e fiz uma reverência, dizendo:

— Eis aqui um exímio atirador. Seu irmão é tão bom quanto você?

Lucien contou-me que seu pobre irmão nunca havia tocado numa arma. Se um dia se metesse numa briga em Paris, sairia perdendo. E pior, metido a valente como era, ainda seria capaz de tentar manter a honra em nome de seu país.

Dito isso, pegou o faisão da boca de Diamante, e tomamos a estrada para a aldeia. O cachorro seguia bem atrás de nós. Lucien enveredou por um caminho menos acidentado. Desse modo, pudemos conversar mais facilmente.

— Acha que conseguiu selar um acordo de paz entre os inimigos? — indaguei.

— Acredito que sim. Disse a Orlandi que o pedido de reconciliação partiu de Colonna, que teve cinco de seus familiares mortos na *vendetta*. Ao passo que da parte dos Orlandis foram quatro. Um a menos. Consegui a aprovação dos Colonnas no acordo ontem, mas só hoje Orlandi deu a sua palavra. Os Colonnas comprometeram-se a devolver uma galinha viva na frente de todos os moradores da vila. Esse gesto é um reconhecimento de que erraram no passado. Era isso que faltava para selar o acordo definitivo de paz, marcado para amanhã, às dez horas.

Fiquei bastante empolgado com a notícia daquela reconciliação. E Lucien acrescentou:

— O senhor é um homem de sorte. É muito mais difícil assistir a uma reconciliação do que a uma *vendetta* por estes lados.

— Lucien, você daria um excelente advogado — elogiei a habilidade do meu novo amigo em conduzir a bom termo um assunto tão delicado.

Ele continuou o caminho sem mais nada dizer. Fui ao seu lado, quieto, até chegar à sua casa.

5 PREMONIÇÃO

GRIFFO ESTAVA JUNTO ao portão, à nossa espera. Cumprimentou Lucien e já foi tirando o faisão de suas mãos, para levá-lo à cozinha.

A sra. de Franchi se recolhera aos seus aposentos, mas tinha deixado um recado com Griffo para que o filho fosse falar com ela assim que chegasse. Queria saber das novidades.

O rapaz me pediu licença e foi ao encontro da mãe.

Subi para o meu quarto. Minhas intuições estavam certas. Eu decifrara a personalidade dos dois irmãos, a começar pelo quarto deles.

Troquei de roupa, peguei as *Orientais*, de Victor Hugo, e deitei-me na cama. Tinha acabado de reler o *Fogo do céu*, quando ouvi passos que se detiveram por um momento junto à porta de meu quarto. Achei que fosse Lucien, vindo me desejar boa-noite. Dali da cama, coloquei o livro sobre a mesinha de cabeceira e pedi que entrasse.

A porta abriu-se. Eu estava certo. Era ele.

— Com licença — disse Lucien, entrando e fechando a porta. — Desculpe se fui indelicado com o senhor na volta para casa. Como percebi que ainda queria fazer algumas perguntas, resolvi colocar-me a sua disposição para qualquer tipo de curiosidade. — O rapaz sorriu.

— Na verdade, tenho mesmo uma curiosidade e uma observação... — Levantei-me da cama e indiquei uma poltrona ao meu visitante noturno. Lucien sentou-se, olhando-me fixamente nos olhos.

— Primeiro a observação... Acho que tem algo de feiticeiro.

— Estou ficando tão curioso quanto o senhor! — Lucien exclamou, sorrindo.

— Você me mostrou as armas que possui em seu quarto. Gostaria de revê-las antes de partir. Acha que isso é possível?

— Claro!

— Além disso, explicou a inscrição nos rifles de seus pais e contou que, desde que você e seu irmão nasceram, sentem as mesmas emoções, mesmo que a distância.

— Isso mesmo.

— No jantar, quando sua mãe lhe perguntou se algo terrível tinha acontecido ao seu irmão, você respondeu que, se ele estivesse morto, já o teria visto. Como isso seria possível?

O rosto de Lucien mudou de expressão. O sorriso sumiu de sua face, e, no lugar, um aspecto sombrio apareceu.

— Estou sendo muito indiscreto, não é? — arrependi-me da pergunta. — Não precisa responder se não quiser...

— Não tem problema... É que... o senhor veio de uma cidade grande, é um homem de sociedade. Pessoas assim costumam ser incrédulas a respeito de fatos sobrenaturais. Receio que considere o que acontece na minha família há quatrocentos anos somente uma superstição.

— Posso lhe garantir, Lucien, que sou bastante crédulo no que se refere a lendas e fatos aparentemente impossíveis.

— Acredita em aparições?

— Pois bem. Vou lhe contar o que aconteceu comigo em 1807. Meu pai estava para morrer, e eu nem tinha quatro anos de idade à época. Então, acharam melhor levar-me aos cuidados de uma prima idosa, que morava nas proximidades. Ela arrumou uma cama junto à sua para que eu ali dormisse. De madrugada, acordei com o barulho de batidas bem fortes à porta. Saí da cama e fui naquela direção. Minha prima também acordou com o barulho e quis saber aonde eu ia. Ela estava apavorada, pois sabia que a porta que dava para a rua estava trancada. Sendo assim, ninguém poderia bater à porta do quarto onde nos en-

52 | OS IRMÃOS CORSOS

contrávamos. Eu respondi à minha prima que sabia quem batia à porta. Era meu pai que tinha vindo despedir-se. Dessa vez foi ela quem pulou da cama e, mesmo contra minha vontade, fez-me deitar novamente. Lembro-me muito bem de que comecei a chorar e pedi com insistência que me deixasse falar com meu pai, pois talvez fosse a última vez que eu o veria...

Lucien interrompeu meu relato, indagando se aquele acontecimento tinha se repetido.

— Não. Gostaria muito que a aparição surgisse diante de meus olhos, mas Deus não me concedeu essa graça.

— Minha família é mais privilegiada que o senhor — disse Lucien, com um sorriso.

— Já tiveram experiências parecidas?

— Todas as vezes que algo importante está para acontecer ou já aconteceu. Vou lhe contar como tudo começou... Quando aquela minha antepassada Savilia morreu, deixou dois filhos, lembra-se?

— Sim — assenti.

— Os meninos cresceram dedicando-se um ao outro. Chegaram a jurar que nem mesmo a morte os separaria: quando um dos dois morresse, apareceria ao outro não só no momento de sua própria morte, mas toda vez que algo importante fosse acontecer. Depois escreveram o juramento recíproco com sangue num pergaminho. Daí a alguns meses, um deles foi morto numa emboscada no momento exato em que o outro irmão lhe escrevia uma carta. Assim que a selou com seu sinete, ouviu um barulho atrás de si. Atônito, viu quando o irmão colocou a mão sobre seu ombro. O estranho era que não sentia o peso dessa mão! Então, estendeu-lhe a carta que havia acabado de escrever, e, em seguida, o outro desapareceu. Muitos e muitos anos depois, na véspera de sua morte, tornou a receber a visita do irmão falecido. Com certeza aquele acordo firmado incluía seus descendentes, pois acabou passando de geração em geração. Desde aquela época, as aparições surgem também na véspera de todos os grandes acontecimentos, e não só para anunciar alguma morte.

— As mulheres de sua família também recebem essas visitas?

— Não, isso só acontece aos homens.

Considerei aquilo muito estranho, no que Lucien concordou comigo. Lembrei-me da famosa frase de Hamlet, de Shakespeare: "Horácio, existem mais coisas entre o Céu e a Terra do que podemos imaginar!".

Depois de refletir por alguns segundos, disse a Lucien:

— Obrigado por ter me contado tudo. Você depositou sua confiança em mim e pode ficar certo de que nunca passarei esse segredo adiante.

— Não se preocupe. Isso não é nenhum segredo por estes lados. Todos conhecem a nossa história, desde o mais humilde pescador até o mais rico nobre. Tomara que meu irmão não se vanglorie desse privilégio em Paris, pois lá os homens certamente dariam risada, enquanto as mulheres o tomariam por louco.

Depois dessas palavras, Lucien levantou-se, desejou-me boa-noite e foi para seu quarto.

Custei a dormir. Quando consegui, tive um sono muito agitado.

Na manhã seguinte, toquei a campainha junto à cama para que o criado aparecesse. Griffo surgiu num minuto e preparou o meu banho.

Lucien veio até o meu quarto às nove e meia. Por sorte, eu já estava pronto.

Meu amigo estava vestido como um legítimo cidadão de Paris.

— Este é mais um indício de que aos poucos vou me tornando um homem civilizado — ele comentou, sorrindo, ao perceber o modo como eu o observava. — Esta roupa foi um presente de meu irmão. Como temos a mesma altura e peso, mandou confeccioná-la em Paris, no melhor alfaiate, e enviou-me por intermédio de um amigo. Só a visto em grandes ocasiões, e acho que essa é uma delas.

Eram quinze para as dez quando deixamos a casa.

— Vamos assistir a um grande espetáculo! Desculpe levá-lo sem tomar uma refeição... mas qualquer atraso nos faria perder um acontecimento histórico — Lucien declarou.

— Não se preocupe, pois nunca tomo as minhas refeições antes das onze horas.

Realmente, eu não tinha fome alguma e o que ia presenciar era muito mais importante.

6
ORLANDIS X COLONNAS

A PRAÇA FICAVA bem próxima da casa da sra. de Franchi.

Se no dia anterior o local estava deserto, naquele momento se encontrava apinhado de gente: mulheres e crianças. Não havia rapazes por ali.

Uma mesa tinha sido colocada logo no primeiro degrau da igreja, onde um homem todo vestido de preto com uma faixa colorida sobre o peito escrevia num papel. Era o prefeito. Debaixo do pórtico, outro homem vestido de preto, sentado a uma mesa menor, também rabiscava alguns dizeres. Só podia ser o escrivão, e, com certeza, finalizava o termo de reconciliação.

Tomei o meu lugar de um dos lados da mesa, junto aos padrinhos de Orlandi. Os padrinhos de Colonna ficaram do outro lado. Lucien prontamente colocou-se atrás do escrivão, pois o rapaz representava tanto um como o outro.

Os padres aprontavam-se para rezar a missa no coro da igreja.

Assim que o relógio soou as dez badaladas, todos os olhares voltaram-se para os dois opostos da rua. Descendo a colina, apareceu Orlandi. Ao mesmo tempo, pelo caminho do rio, surgiu Colonna. Cada um deles vinha acompanhado por seus partidários. Como mandavam as leis, nenhum dos dois carregava arma de fogo. Mais pareciam cristãos que vinham à missa.

Ambos tinham fisionomias bem distintas. Enquanto Orlandi era alto, magro, queimado de sol e muito ágil, Colonna era baixinho, forte, andava rápido e tinha barba e cabelos ruivos e crespos. A pedido do prefeito, traziam nas mãos ramos de oliveira, emblema da paz que estavam para selar.

Colonna também segurava uma galinha branca pelos pés, que pulava como ela só. A ave substituiria aquela que, dez anos atrás, tinha sido a causa da contenda.

A devolução da galinha fora discutida dias a fio. Colonna havia considerado o gesto uma verdadeira humilhação. Afinal, a ave que sua tia lançara no rosto da prima de Orlandi estava morta e não viva. Lucien, de forma muito convincente, persuadiu Colonna a entregar uma galinha viva, pois, se chegasse com a ave morta, com certeza outra briga tomaria lugar.

No momento em que os dois inimigos se aproximaram da porta da igreja, os sinos começaram a tocar.

Colonna e Orlandi não se olhavam. Se tivessem se encontrado antes, sem que um acordo de paz houvesse sido firmado, um já teria matado o outro.

Quando os sinos silenciaram, o prefeito disse:

— Foi combinado anteriormente que Colonna falará primeiro.

Colonna pronunciou algumas palavras em dialeto corso. Sua voz era arrastada e parecia estar pedindo desculpas por ter permanecido em *vendetta* durante dez anos com Orlandi. Então, Colonna lhe estendeu a galinha, o que me levou a presumir que oferecia a ave em sinal de arrependimento.

Orlandi esperou que o inimigo acabasse seu discurso para, em seguida, dizer algumas palavras também em corso. Pelo tom de sua voz e por seus gestos, devia ter desculpado qualquer rixa do passado e se comprometido a reatar os antigos laços de amizade.

O prefeito, em tom solene, pediu que os dois apertassem as mãos. Entretanto, ambos mantiveram as mãos às costas.

As pessoas ali presentes prenderam a respiração. "Será que vai começar tudo de novo?", uns pensavam. "Tomara que não se matem!", outros temiam o pior.

O prefeito resolveu intervir e foi ao encontro dos dois homens. Pegou a mão de um e colocou-a sobre a mão do outro, dizendo:

— A paz está selada novamente.

Então o prefeito voltou ao seu lugar, e o escrivão começou a ler a seguinte carta que havia redigido:

Eu, Giuseppe-Antonio Sarrola, escrivão de Sullacaro, província de Sartène, na praça da igreja, na presença do prefeito Polo Arbori, das testemunhas e de toda a população, declaro decretada oficialmente a paz entre Gaetano-Orso Orlandi, também conhecido por Orlandini, e Marco-Vicenzio Colonna, também conhecido por Schioppone, a partir de hoje, 4 de março de 1841. Os dois prometem solenemente que serão bons vizinhos daqui por diante, assim como viviam seus pais antes que esse lamentável desentendimento ocorresse. Com a assinatura dos dois agora amigos, debaixo do pórtico da igreja, juntamente com o prefeito, o sr. Lucien de Franchi, nomeado juiz, as testemunhas de Orlandi e Colonna, os cidadãos aqui presentes, dou fé.

Observei que o escrivão não dissera uma só palavra sobre a galinha, o que muito contentou Colonna... e desagradou Orlandi. Enquanto o rosto de Colonna estava calmo e tranquilo, a sobrancelha erguida de Orlandi, ao olhar a galinha que segurava, mostrava o contrário, dando a impressão de estar a ponto de atirar a ave ao rosto do outro.

Assim que Lucien percebeu tal possibilidade, tratou de dizer algumas palavras a Orlandi.

O prefeito também notou o impasse e logo voltou para junto dos dois homens, tomando-os pelos braços e levando-os até a sua mesa. A fim de evitar qualquer tipo de constrangimento, antevendo que nenhum deles se disporia a assinar primeiro, pegou a pena e assinou o documento, oferecendo-a a Orlandi para que fizesse o mesmo. Em seguida, Lucien tomou-a para si, escreveu o seu nome e passou-a para Colonna.

Os sinos recomeçaram a repicar, e um coral, que somente cantava em ocasiões especiais, entoou um lindo cântico.

Todos os presentes, em fila, atestaram o fato.

Depois, como se nada tivesse acontecido ao longo desses anos, Orlandi e Colonna entraram na igreja e ajoelharam-se nos lugares que lhes fora reservado.

Lucien estava calmo. Afinal, a reconciliação tinha sido selada... perante os homens e perante Deus.

Quando a missa acabou, Orlandi e Colonna saíram da igreja. O prefeito, junto à porta, pediu-lhes que trocassem mais um aperto de mãos, no que eles assentiram. Então, cada qual, acompanhado por seus parentes e amigos, tomou o caminho de sua respectiva casa, onde, pelos últimos três anos, nenhum deles entrara.

No trajeto de volta à propriedade da sra. de Franchi, contei a Lucien que eu teria de partir. Estava sendo esperado em Paris para assistir ao ensaio de uma importante peça. Lucien insistiu em que eu ficasse para o jantar, e acabei aceitando.

Durante a refeição, meu amigo e sua mãe me pediram que entregasse uma carta a Louis, em Paris, pessoalmente.

— Preferia não lhe dar nenhum tipo de incumbência, mas o coração de mãe sofre muito com a ausência de um filho — a sra. de Franchi se desculpou.

— Pois terei o maior prazer em levar-lhe a carta, senhora. — Eu estava falando a mais pura verdade. Além do mais, tinha também curiosidade de conhecer Louis.

Conversamos por uns bons momentos até que Lucien me pediu que o acompanhasse até seu quarto. Lá chegando, ele falou:

— Gostaria que escolhesse um objeto deste aposento como lembrança. Algo que tenha realmente lhe agradado.

Em hipótese alguma, eu seria indelicado a ponto de recusar a oferta, pois tratava-se de uma prática frequente na Córsega, entre as famílias que acolhiam hóspedes. Assim, escolhi o mais simples dos punhais que havia visto no quarto de Lucien.

Agradeci o presente e o prendi junto ao meu cinturão de caça. Nesse momento, Griffo bateu à porta, avisando que já havia selado meu cavalo. Antes de me despedir de meu amigo, também lhe ofereci um presente: uma faca de caça ladeada por duas pistolas, presas ao cabo da faca. Ele abriu um enorme sorriso e apertou minha mão efusivamente.

Desci as escadas e fui despedir-me da sra. de Franchi. Beijei sua mão e ofereci todos os meus préstimos se deles precisasse um dia. Ali estava uma mulher delicada e decidida ao mesmo tempo, cujo olhar triste eu não pude decifrar.

Lucien conduziu-me à porta, dizendo:

— Gostaria de acompanhá-lo até a estrada, meu amigo, mas acho melhor não me afastar da aldeia ainda. Temo que Orlandi ou Colonna quebre o acordo de paz... Sendo assim, todo cuidado é pouco.

— Você está coberto de razão — concordei. — Se não fosse pelo seu convite, eu nunca teria assistido a um acordo de paz, coisa rara aqui na Córsega.

— Realmente, você assistiu a uma reconciliação que nem nossos pais chegaram a ver em vida — Lucien declarou.

— Quer mandar algum recado a Louis?

O rapaz abraçou-me, pedindo que retribuísse esse gesto ao irmão.

— Espero vê-lo novamente — falei. — Deixei meu endereço num cartão sobre a escrivaninha do quarto que tão bem me acolheu.

— Será muito bem-vindo à minha casa novamente — disse Lucien. — Mas não espere pela minha visita em Paris. Só iria à sua cidade se algo importante acontecesse. Aí, sim, eu o visitaria em primeiro lugar.

Depois dessas palavras, parti.

Pelas ruas do povoado, fui observando que as pessoas tinham seus semblantes mais felizes, diferentemente de quando eu ali chegara. Esperava encontrar Orlandi pelo caminho, pois ele deixara a praça naquela manhã sem se despedir de mim.

Quando entrei na mata para pegar a estrada, ouvi passos. Num segundo, vi Orlandi surgir a minha frente. Ele trajava roupas de camponês e carregava um rifle e uma faca de caça. Em sinal de respeito, tirou o chapéu e abaixou a cabeça.

— Vim lhe agradecer por ter sido minha testemunha. O senhor fez isso sem ao menos me conhecer... — Sua voz era pausada. — Sou um simples camponês, enquanto o senhor é um homem rico da cidade.

— Eu é que tenho que lhe agradecer! A honra foi toda minha — respondi. — O senhor não precisava ter deixado os seus afazeres para vir até aqui. Nunca pensei, em toda a minha vida, participar de um acontecimento tão importante! Espero que tudo dê certo para o senhor. Agora pode voltar a viver na cidade junto de seus parentes, sem nenhum tipo de risco.

— Não vai ser fácil mudar meus hábitos. Estive morando há tanto tempo nas montanhas que o simples fato de ter passado algumas horas na cidade já me deixou com falta de ar.

— Bem, ao menos, terá o conforto de uma propriedade que não está em ruínas. Pelo que soube, é dono de uma casa, um campo e um belo vinhedo — observei.

— É verdade. Minha irmã mais nova estava tomando conta da casa e dos trabalhadores desde que tudo começou. Daqui por diante, passarei a fazer o mesmo de antes: vou vigiar os empregados e caçar.

— Caro Orlandi, dei a minha palavra que o senhor não quebraria o acordo de paz. Lembre-se disso no futuro. Guarde sua munição para os animais que caça, e não para os homens.

— Ah, senhor, quando recebi aquela galinha tão magra, realmente pensei em quebrar o acordo... — Orlandi deu um leve sorriso e, acenando em despedida, embrenhou-se no mato novamente.

Segui meu caminho pensando na fragilidade daquela reconciliação, quase rompida pela magreza da ave. "Que outro motivo os levaria a um próximo desentendimento?"

7
UM ENCONTRO E UM CONVITE

NA SEMANA SEGUINTE, eu já estava em Paris. No mesmo dia da minha chegada, fui à casa de Louis de Franchi. Como o rapaz não se encontrava, pedi ao criado que lhe entregasse meu cartão e o seguinte bilhete que redigi naquele momento:

Prezado sr. Louis de Franchi,

Fui hóspede de sua mãe e de seu irmão Lucien ao visitar a Córsega, na semana passada. Trouxe, a pedido deles, uma carta ao senhor. Dei-lhes minha palavra de que a entregaria pessoalmente.

Dessa forma, queira, por gentileza, avisar-me o dia e a hora em que poderei encontrá-lo.

Atenciosamente,

Alexandre Dumas

Na manhã do dia seguinte, enquanto me vestia, meu empregado veio me avisar de que Louis de Franchi estava à minha espera na biblioteca.

Logo fui ao encontro dele. Louis lia uma das minhas publicações. Fiquei tão assustado por sua semelhança com o irmão que demorei alguns segundos para esticar a mão e cumprimentá-lo.

— Desculpe ter vindo cedo demais — ele começou a falar, sorridente. — Fiquei tão feliz com a possibilidade de receber notícias de minha família que corri para cá sem avisar com antecedência.

— Desculpas peço eu, por estar assim, meio sem jeito... Eu nunca tinha visto duas pessoas tão parecidas! Fiquei sem ação, sem ter o que dizer...

— Posso entendê-lo, senhor. Meu irmão e eu somos idênticos, devo confessar. Quando eu morava em Sullacaro, enganávamos a todos. O que sempre nos diferenciou foram as roupas que vestíamos.

— Mas veja só, no dia em que deixei Sullacaro, Lucien estava coincidentemente vestido como o senhor, homem da cidade grande. Isso os torna exatamente iguais, já que nem o tipo de roupa os distinguiu.

— Compreendo... — disse Louis simplesmente.

— Aqui está a carta. — Eu a tirei do bolso do colete e a entreguei ao rapaz, sabendo que ele estava ansioso para obter notícias dos familiares.

Antes de abri-la, Louis quis saber se a mãe e o irmão estavam bem de saúde.

Informei-o de que a sra. de Franchi estava preocupada com ele. Pedi então que lesse a correspondência, não se incomodando com minha presença. Talvez ela contivesse alguma explicação sobre aquela aflição materna.

Louis deu alguns passos em direção à janela e abriu o envelope. Enquanto lia, murmurava: "Ah, meu irmão, agora eu compreendo...", "Mãe querida, como você é boa e preocupada...".

Assim que ele terminou a leitura, observei:

— Imagino que sua mãe esteja preocupada à toa, pois o senhor me parece ótimo!

— Infelizmente, isso não é verdade. Não estou doente, mas profundamente triste, e meu irmão deve ter sentido o mesmo que eu.

— Lucien me contou os sentimentos que os une. Entretanto, eu precisava de uma prova para crer que algo tão incrível pudesse acontecer... O senhor está certo de que a tristeza de seu irmão nada mais é do que um reflexo do que o senhor sente?

— Sem sombra de dúvida — Louis garantiu.

— E, se me permite perguntar, a causa desse sofrimento já foi combatida? — arrisquei.

— Feridas dolorosas acabam cicatrizando com o tempo... Se nada acontecer ao meu coração que possa fazê-lo sangrar de novo, creio que um dia cicatrizará. Por enquanto, só posso lhe agradecer a gentileza e pedir que, de vez em quando, eu possa lhe fazer uma visita para falarmos de Sullacaro.

— Por que então não continuamos esta conversa tão agradável? Eis aí meu empregado para avisar que o almoço está servido. Conceda-me o prazer de sua companhia enquanto comemos uma costeleta.

— É uma pena, mas ontem recebi uma correspondência do ministro da Justiça, pedindo que eu comparecesse ao ministério hoje, por volta de meio-dia. E o senhor há de compreender que um simples advogado como eu não poderia deixar à espera tão ilustre pessoa — Louis desculpou-se e acrescentou em seguida: — Com certeza quer notícias dos Orlandis e Colonnas. E como Lucien garantiu na carta que a disputa terminou...

— Realmente, pois assinei o compromisso como uma das testemunhas de Orlandi.

— Sim, meu irmão também falou disso. — Louis conferiu as horas em seu relógio. — Faltam alguns minutos para o meio-dia. Tenho de avisar o ministro de que Lucien cumpriu sua palavra. Eu sabia que meu irmão faria isso por mim! Porém, quero encontrar o senhor novamente. Diga-me quando poderei vê-lo.

— Agora vai ser um pouco difícil, pois acabo de retornar de viagem. Talvez fosse melhor o senhor dizer onde posso encontrá-lo.

— Espere... Vai ao Baile da Ópera amanhã?

— Nada teria a fazer nesse baile; mas, se disser que estará lá, irei encontrá-lo — afirmei.

— Sou obrigado a comparecer ao baile — Louis respondeu, sem entusiasmo.

— Ah, estou vendo que é bem verdade o que disse há pouco... que o tempo é capaz de curar as feridas de seu coração... — comentei, sorrindo.

— Engano seu; com certeza só vou arrumar outros tormentos.

— Pois então não vá ao baile.

— Neste mundo não fazemos o que queremos. Vou aonde o destino me leva. Seria melhor não ir, mas vou mesmo sabendo disso.

— Então, a que horas nos encontraremos?

— À meia-noite e meia, na sala de espera. Tenho um encontro marcado à uma hora em frente ao relógio.

Despedimo-nos, e Louis foi embora. Fiquei ocupado o resto da tarde e também o dia seguinte tomando as providências necessárias a um homem que passara dezoito meses viajando.

À noite, no horário combinado, compareci ao baile. Quando Louis chegou, tentei conversar sobre o acordo de paz na Córsega. Mas o rapaz não prestava a mínima atenção no que eu dizia. A certa altura, ele exclamou:

— Finalmente vejo quem eu queria! — E saiu atrás de uma moça fantasiada, que segurava um ramo de violetas.

Ia seguir Louis, quando fui abordado por belas moças, também fantasiadas, que queriam saber sobre minha viagem à Córsega. Cada uma segurava um ramo de flores.

Depois de um bom tempo, encontrei um velho amigo chamado Dujarrier.

— Que bom que está de volta! — Ele me abraçou, animado. — Só faltava você para a ceia desta noite em minha casa. — E Dujarrier foi logo relacionando alguns de seus convidados.

Agradeci o convite, mas o recusei, explicando que estava acompanhado de um amigo. Dujarrier não aceitou minha negativa como resposta e disse-me que cada convidado tinha o direito de levar um acompanhante. Ele insistiu tanto em que eu convidasse meu amigo que decidi procurar Louis para falar sobre o convite.

— Seu problema de coração está resolvido? — perguntei ao rapaz quando o encontrei.

— Pelo contrário. Estou bem pior, pois soube de coisas terríveis! — Ele estava bem pálido.

— Não quer contar o que está acontecendo? Vai sentir-se melhor — sugeri.

Mas Louis permaneceu calado.

Demos uma volta no salão, até que resolvi convidá-lo para a ceia daquela noite. Ele recusou, porém insisti:

— Aceite meu convite, Louis. Uma distração sempre acalma o coração numa hora dessas.

— Vou ser uma péssima companhia, e irá acabar arrependendo-se. Além disso, eu nem fui convidado. — Sorriu tristemente.

— Pois você está enganado. Meu amigo Dujarrier convidou-o com muita insistência.

— Dujarrier? O senhor está falando de Dujarrier, o diretor do jornal mais importante de Paris? — Louis interessou-se. — Foi ele quem nos convidou para a ceia?

— Sim, ele mesmo. Por quê?

— Isso muda tudo. Pois eu aceito o convite. É meu destino, e nada posso mudar... — Notei um certo brilho em seu olhar.

Quando encontramos Dujarrier, avisei que iríamos à ceia em sua casa.

— Que bom! Já que vão à ceia desta noite, terão de voltar para outra ceia depois de amanhã, por causa de uma aposta que fiz com meu amigo Château-Renaud.

Percebi que Louis ficou ainda mais pálido.

— Pode nos contar que aposta é essa? — indaguei.

— Não neste momento, meu amigo; caso contrário, a aposta poderia ser prejudicada. E não é isso o que queremos.

Combinamos que às três horas estaríamos em sua casa. E Dujarrier se afastou.

— O senhor é amigo do sr. Château-Renaud? — Louis perguntou com a voz embargada.

— Não. Apenas encontrei-o algumas vezes socialmente.

— Melhor assim. — O rapaz manteve-se quieto por um bom tempo.

De qualquer forma, dava para notar que havia acontecido alguma coisa entre Louis e o sr. Château-Renaud. E, com certeza, o motivo era uma mulher.

Resolvi aconselhar Louis a não ir à casa de Dujarrier. Minha intuição dizia que a melhor coisa a fazer era sairmos dali o quanto antes.

— Por quê? O senhor já me convidou e faço questão de ir. — Sua voz tinha retomado a firmeza e a tranquilidade habituais. — Além do mais, faço questão de conhecer melhor o sr. Château-Renaud. Dizem que é uma ótima pessoa.

— Se é o que deseja... — concordei, sem saber se agia certo ou não.
Vestimos nossos casacos e deixamos o baile.
Dujarrier morava tão perto do Teatro da Ópera que decidimos caminhar calmamente até sua casa.

8
A APOSTA

TÃO LOGO ENTRAMOS na sala de visitas de Dujarrier, encontrei alguns bons amigos. Apresentei Louis a todos os presentes, que o trataram com muita simpatia.
— Ainda falta algum convidado? — indaguei a Dujarrier.
— Sim, Château-Renaud ainda não chegou.
— Não há uma aposta envolvida? — perguntou um dos presentes, com muita ansiedade.
— Sim... A aposta está relacionada a doze convidados. E, por enquanto, somos apenas dez. Château-Renaud garantiu que trará uma certa senhora com ele, mas eu duvido... Essa é a aposta — Dujarrier respondeu.
— E qual é o nome dessa senhora? — perguntaram.
— É...
— Não diga o nome da moça, por favor — Louis interrompeu Dujarrier. — Não haveria cavalheirismo de nossa parte, pois trata-se de uma mulher casada.
— Sim, mas o marido dessa jovem senhora está na Índia ou no México; isso não vem ao caso, e o que os olhos não veem, o coração não sente — Dujarrier replicou.
— De qualquer forma, o marido vai voltar para casa em alguns dias e, pelo que sei, é um homem honrado. Seria muito desumano que ele soubesse, logo após a chegada, que a esposa cometeu tal indiscrição — Louis replicou.
— Não sabia que o senhor conhecia o casal... — Dujarrier ficou sem jeito. — Peço a todos, então, que sejam discretos em seus comentários, caso nosso convidado traga aquela que é o motivo da nossa aposta.
Louis agradeceu a atitude tomada pelo anfitrião, elogiando-o como um homem de princípios.

Em seguida, fomos conduzidos à sala de jantar e sentamos nos lugares que nos foram indicados.

Dois assentos permaneciam vazios. O criado fez menção de retirar os pratos e talheres que estavam sobrando.

— Deixe-os onde estão — Dujarrier pediu. — Château-Renaud ainda tem alguns minutos... Nossa aposta termina às quatro horas da manhã. Depois disso, poderá retirar os pratos e talheres.

Faltavam dez minutos para as quatro, e, enquanto os convidados presentes conversavam ruidosamente, notei que Louis e Dujarrier consultavam o relógio a todo instante.

Aos cinco minutos para as quatro horas, ouvimos uma batida à porta.

— É ele — Louis murmurou.

— Logo vamos descobrir — respondi.

Um longo silêncio fez-se na sala. Então escutamos o som de vozes na antessala.

Dujarrier levantou-se da mesa e foi encontrar os recém-chegados.

— É ela... Eu... eu reconheço sua... voz — Louis mal conseguia falar.

— Calma, meu amigo. Não vale a pena maltratar seu coração por uma mulher casada que está saindo com outro homem. Ela é infiel ao marido, seria também a você.

Mesmo de onde estávamos, pudemos ouvir a conversa na antessala:

— Fique tranquila, querida. Está na casa de amigos — disse Dujarrier.

Château-Renaud concordou, falando em alto e bom som:

— Entre, Emily. Se não quiser tirar a máscara, não tem problema.

— Ele é um miserável — Louis murmurou ao meu ouvido.

O rapaz apertava com tanta força a taça de champanhe a sua frente que achei que fosse despedaçá-la.

Nesse momento, a jovem senhora entrou na sala de jantar. Seu andar era lento e compassado, ao contrário do homem que a conduzia.

— Faltam dois minutos para as quatro horas... — disse Château-Renaud, olhando para Dujarrier.

— É verdade, meu caro amigo. Você ganhou a aposta — falou Dujarrier.

Emily parou onde estava e, com um olhar fulminante, disparou:

— Ainda não ganhou aposta alguma, sr. Château-Renaud. Agora tudo faz sentido. Por isso insistiu tanto em que eu viesse cear aqui. Fizera uma aposta?!

Château-Renaud ficou mudo; então ela indagou a Dujarrier:

— Já que ele emudeceu, o senhor pode responder?

— É verdade, senhora. Não posso mentir — Dujarrier confirmou.

— Pois ele perdeu a aposta. Eu não sabia o meu destino. Como vim sem vontade própria, considero a aposta do sr. Château-Renaud perdida.

— Já que está aqui, deveria ficar, querida Emily. — Château-Renaud pegou no braço dela firmemente. — Olhe à sua volta e diga se não vê apenas pessoas alegres e distintas.

— Espero que fique... — Dujarrier deu um passo à frente.

— Agradeço seu empenho em me fazer ficar — a jovem se dirigia a Dujarrier —, mas vou pedir ao sr. Louis de Franchi, a quem conheço e estimo, que me leve para casa. — Emily então lançou um olhar desesperado para o meu amigo ao lado.

Em segundos, Louis já estava em pé, diante da jovem.

— Fui eu quem a trouxe até aqui. Sendo assim, levo-a de volta — disse Château-Renaud, enfurecido.

— Vejo nesta sala cinco homens... cavalheiros por excelência. Espero que nenhum de vocês permita que Château-Renaud me humilhe ou maltrate na presença de todos — Emily declarou.

Château-Renaud ficou vermelho de raiva quando nos levantamos da mesa.

— Vá com quem preferir... — ele falou por fim, soltando o braço de Emily. — Mais tarde, tratarei de me entender com uma certa pessoa... — acrescentou, olhando para Louis.

— Se está se referindo a mim, senhor, aqui está o meu cartão. — Louis lhe apresentou seu cartão onde constavam nome e endereço. — Pode me encontrar nesse local a maior parte do tempo.

— Mandarei dois amigos para que me representem. — Château-Renaud tinha decidido duelar com Louis.

— Eu os receberei com muito prazer — Louis respondeu, oferecendo seu braço à jovem senhora, para que dali saíssem o mais rápido possível.

Quando o casal se retirou, a sala ficou no mais completo silêncio. Por alguns minutos, ninguém conseguiu dizer uma só palavra. O clima estava pesado, tenso.

— Como veem, perdi a aposta. Terei de pagar uma outra ceia no lugar que combinamos, Dujarrier. — Château-Renaud sentou-se à mesa, pedindo para que um dos criados lhe servisse champanhe.

Dujarrier também encheu sua taça e ainda tentou dizer uma ou duas frases engraçadas. Mas a noite já havia perdido o seu encanto. E não houve conversa nem música que melhorassem o clima da ceia.

9
UM AMOR VERDADEIRO

QUASE NÃO DORMI naquela manhã. Fiquei pensando no gesto impulsivo de Louis.

Às dez horas, saí de minha casa em direção à de meu amigo.

Já estava subindo a escada da frente da propriedade quando encontrei dois cavalheiros descendo. Um deles vestia um traje muito bem cortado, certamente se tratava de um homem da sociedade; o outro devia ser um militar, pois, embora não estivesse usando uniforme, ostentava várias medalhas no peito.

Assim que bati à porta, o criado veio atender. Em seguida, levou-me até a biblioteca. Louis estava sentado à mesa, escrevendo uma carta. Quando me viu, levantou-se e disse:

— Mas que coincidência! Escrevia-lhe uma carta. Ia pedir a Joseph que a levasse a sua casa. Mas agora não vai ser mais preciso. — E amassou-a, jogando-a ao lixo. — Joseph, por favor, deixe-nos a sós — pediu ao criado, que saiu, fechando a porta.

— Encontrei dois homens na escada. — Sentei-me na poltrona que Louis me ofereceu. — Eram os padrinhos de Château-Renaud? — indaguei, já receando o teor da resposta.

— Sim, isso mesmo — Louis confirmou.

— Quer dizer que ele está levando isso a sério... — Suspirei, pesaroso. — O que os dois vieram fazer aqui?

— Pediram que eu escolhesse meus padrinhos também. O senhor é um deles — Louis informou.

— Não vou dizer que fico alegre com a escolha, Louis. Preferia ser seu padrinho de casamento ou apadrinhar um de seus filhos.

— No momento, é tudo do que eu preciso.

— Quem será o segundo padrinho?

— O barão Giordano Martelli. Ele ficou de vir aqui às onze horas. Dentro em breve estará conosco.

Enquanto esperávamos pelo segundo padrinho, combinamos almoçar juntos. Até as três horas da tarde, eu e o barão teríamos de passar na casa dos padrinhos de Château-Renaud, que haviam deixado seus cartões com os respectivos nomes e endereços. Um deles era o barão René de Châteaugrand e o outro, Adrien de Boissy.

Fiquei bastante preocupado com o duelo, pois tratava-se de um assunto extremamente sério. Achei melhor obter mais informações a respeito e indaguei a Louis:

— Você pode me contar o verdadeiro motivo de tal embate? Já que sou seu padrinho, preciso saber toda a verdade.

Então Louis começou a contar...

Quando cheguei a Paris, um dos meus melhores amigos apresentou-me à sua esposa. Fiquei tão impressionado com a beleza da jovem que, temendo me apaixonar por ela, resolvi recusar os frequentes convites do casal para jantar em sua companhia. Meu amigo não entendeu minhas recusas e quis saber o motivo. Expliquei, com todo o cuidado, que sua esposa era muito bonita e eu temia me enamorar dela. Ele agradeceu a minha sinceridade e, mesmo assim, convidou-me para o jantar daquela noite. Durante a refeição, na presença da esposa, disse que em alguns dias partiria para o México. Como capitão de navio, ausentava-se por meses. Assim, recomendou que eu tomasse conta de Emily como se ela fosse minha irmã. A mesma coisa pediu a Emily, que me tratasse fraternalmente. Aquela situação realmente me desconcertou!

Fui convidado outras vezes para cear com o casal antes da partida de meu amigo ao México.

Logo que ele viajou, Emily hospedou-se na casa da mãe, que a adorava. Continuei visitando a bela jovem e a ela me dedicando como um verdadeiro irmão. Não nego que estivesse apaixonado por Emily. Mas nunca lhe dirigi um olhar amoroso; pelo contrário, sepultei meu sentimento e lutei contra pensamentos mais ousados por todo esse tempo, em respeito ao meu amigo.

Há algum tempo, soube que Château-Renaud passou a fazer parte do círculo de amizades dela. Notei, em algumas ocasiões, que os dois conversavam mais do que deveriam e até segredavam na minha presença. O ciúme corroeu o meu coração. Passei a sentir muita raiva dele, mesmo sem trocarmos uma única palavra. Logo Château-Renaud estava frequentando o sarau oferecido por Emily às sextas-feiras. Um dia ele percebeu claramente que eu estava enciumado e, de propósito, passou a noite segurando o braço de Emily e falando-lhe em tom de confidências. Com o passar do tempo, Giordano, um dos amigos que frequentavam a casa, também percebeu o entrosamento do novo casal e falou comigo a respeito. Nesse dia, tomei uma decisão: fui conversar com Emily. Disse-lhe que tinha certeza de sua fidelidade ao marido, mas Château-Renaud não devia ter somente intenções de amizade em relação a ela. Emily riu e declarou que minhas suspeitas eram absurdas, pois na verdade eu estava apaixonado por ela e tinha ciúme de Château-Renaud. Fiquei estarre-cido. O marido contara à esposa o meu grande segredo! Por isso, Emily considerava-me um juiz parcial. Afinal, quem ama não consegue pesar corretamente os prós e os contras. De amigo fiel, passei à condição de apaixonado ridículo e deixei de frequentar os saraus. Mesmo assim, fiquei sabendo dos encontros de Emily com Château-Renaud e dos comentá-rios maldosos que teciam em relação aos dois. Decidi escrever uma carta a ela, pedindo que refletisse sobre sua honra, em nome do marido que nela confiava e amava profundamente. Emily nem se deu ao trabalho de responder. Soube que se encontrava às escondidas com Château-Renaud e que estava completamente apaixonada por ele. Sofri tanto que nem consigo descrever. Acredito que tenha sido nessa época que Lucien sentiu a mesma angústia que eu.

Quase duas semanas se passaram depois disso. No mesmo dia que o senhor foi à minha casa, eu havia recebido uma carta anônima.

Então Louis foi até sua escrivaninha e retirou a tal carta da primeira gaveta, entregando-a para mim. Abri o envelope e li o seguinte:

Caro senhor,

Resolvi escrever-lhe porque sou amiga de um casal, que também lhe é muito querido.

Peço que me encontre no Baile da Ópera, em frente ao relógio, à uma hora. Tenho informações importantes sobre Emily.

Estarei segurando um ramo de violetas, assim saberá que sou aquela que revelará um segredo...

Atenciosamente,

M.

Quando terminei a leitura, Louis prosseguiu seu relato...

No dia e na hora combinados, quando avistei a mulher com o ramo de violetas na mão, corri atrás dela. E finalmente obtive a confirmação de algo que já desconfiava: Emily estava traindo o marido com Château-Renaud. A mulher ainda revelou que Château-Renaud havia apostado levar sua nova amante à ceia que Dujarrier tinha preparado. Lembra-se de que lhe disse, no baile, ter descoberto coisas terríveis? Preferia ter ficado na incerteza, meu amigo. Teria sido muito melhor! Mas o destino prepara muitas armadilhas para nós... E às vezes não podemos lutar contra ele. O senhor era amigo de Dujarrier, e fui convidado para acompanhá-lo à ceia. Bem, o resto o senhor já sabe. Tudo o que posso fazer agora é esperar e aceitar o que me for proposto.

Eu não tinha o que dizer. Louis fora desafiado para um duelo e aceitara... De repente, lembrei-me de que Lucien havia me contado que seu irmão nunca tocara numa arma.

— Você sabe lidar com espada ou pistola? — perguntei, torcendo para que Lucien estivesse enganado.

— Não, nunca lidei com armas.

— Sabe que isso o coloca em desvantagem, não sabe?

— Sei, sim. Mas conto com a ajuda de Deus para reverter essa situação — Louis respondeu, com um sorriso triste.

O criado interrompeu a nossa conversa para anunciar a presença do barão Giordano Martelli.

Ele era da Córsega, assim como Louis e seu irmão. Aos vinte e três anos já se tornara capitão. Numa ocasião como aquela, viera vestido com suas roupas de civil.

— Você pode contar com o segundo padrinho... — Giordano apertou a mão de Louis e em seguida, a minha. — Recebi a sua carta comunicando sobre o duelo e vim assim que pude. — Giordano aceitou o copo de água que Joseph oferecia e sentou-se numa poltrona perto de nós. Então, continuou a falar a Louis: — Logo deve receber a visita dos padrinhos de Château-Renaud.

— Os dois cavalheiros já passaram por aqui — Louis informou, entregando-lhe seus cartões.

Nesse instante, o criado voltou à biblioteca para avisar que o almoço seria servido. Fomos então à sala de jantar e nos sentamos à mesa.

10
UM DESTINO TRAÇADO

DURANTE O ALMOÇO, Louis preferiu que a conversa tomasse outro rumo. Perguntou-me sobre a Córsega, e contei-lhe tudo em detalhes.

Fiquei imaginando como estariam os sentimentos desse rapaz, prestes a travar um duelo com alguém bem mais experiente. A cada resposta que eu lhe dava sobre a mãe ou o irmão, seus olhos ficavam cheios de lágrimas.

O relógio bateu doze horas, e Louis, finalizando sua taça de vinho, levantou-se, dizendo:

— Não gostaria de apressá-los, mas está na hora de retribuírem a visita dos dois homens que aqui estiveram. Se houver atraso, eles poderão pensar que estamos dando pouca atenção ao caso.

Tranquilizei Louis, dizendo que os dois padrinhos de Château-Renaud tinham saído de sua casa havia menos de duas horas. Então, pedi-lhe que escolhesse a arma que iria usar, ao que ele respondeu:

— Qualquer uma, pois nunca lidei com armas em toda a minha vida! Como Château-Renaud é o ofendido nessa história, deixemos que escolha a que lhe aprouver.

— Penso que esse duelo deveria ser cancelado. Você não fez nada de mais, Louis, apenas atendeu ao pedido de uma senhora, acompanhando-a até a casa dela. Isso não é motivo para um duelo — afirmei.

Em seguida, expliquei, em poucas palavras, toda a situação ao outro padrinho, que acabou concordando comigo.

— Desculpem-me — Louis tomou a palavra —, mas não quero ser visto como um covarde. Como sabem, sou uma pessoa de paz e até por esse motivo nunca me interessei por armas. Esse vai ser o meu primeiro duelo, e justamente por isso prefiro agir sem rodeios.

— Está certo, meu amigo, é sua vida que está em jogo. Porém, não se esqueça de que nós, seus padrinhos, teremos de assumir a responsabilidade sobre o que lhe acontecer perante seus familiares — alertei.

— Não se preocupe, senhor. Conheço muito bem meu irmão e minha mãe. Vão perguntar se eu agi como um homem de bem. Se der uma resposta afirmativa, eles ficarão com a consciência tranquila e nada mais dirão.

— Enfim, como seus padrinhos, precisamos saber qual é a arma de sua preferência — Giordano insistiu.

— Escolha entre a espada e a pistola — acrescentei.

— Pois bem, que seja a pistola — Louis decidiu.

Eu disse a meu amigo que essa não era uma boa escolha. Ele quis saber se teria tempo para aprender a lutar com a espada. Respondi que ao menos poderia ter uma aula com Grisier, o mestre das espadas.

Louis sorriu, dizendo:

— Há um grande livro no céu. Nele, todos os nossos passos estão escritos. O que vai acontecer amanhã já foi escrito nesse grande livro. Nada vai mudar… Uma aula de espada, um treino com a pistola... Meu destino está traçado desde o dia em que nasci.

Não sei se Louis tinha razão ou não. Só sei que, se eu estivesse em seu lugar, tentaria viver com unhas e dentes.

Giordano e eu abraçamos nosso amigo em despedida. A seguir, dirigimo-nos à casa do primeiro padrinho do adversário: René de Châteaugrand.

Soubemos, pelo criado, que ninguém podia entrar na casa, a não ser os padrinhos de Louis.

Entregamos-lhe nossos cartões e fomos convidados a entrar.

O sr. René era um homem muito elegante. Logo que nos apresentamos, pediu ao criado que fosse à casa do sr. Boissy, para avisá-lo de que o aguardávamos ali. Quis, gentilmente, poupar-nos o trabalho de ir à casa do segundo padrinho.

Enquanto isso, conversamos sobre diversos assuntos: peças de teatro, caçadas, corridas de cavalo.

Quase vinte minutos depois, o sr. Boissy chegou. Ele também trajava roupas bem cortadas e finas, e era bem elegante. De estatura mais baixa que René, tinha um ar mais sério.

Os dois homens não fizeram questão da escolha da arma. Provavelmente Château-Renaud estava familiarizado com a espada e a pistola.

— Para não favorecer nem um nem outro, jogaremos "cara ou coroa". Coroa para a pistola, cara para a espada — o sr. Châteaugrand sugeriu.

72 | OS IRMÃOS CORSOS

Todos os presentes concordaram prontamente, e Boissy jogou a moeda para o alto. Ao cair no chão, a coroa ficou para cima.

— A arma será a pistola — René sentenciou.

Então ficou combinado que o duelo seria às nove horas da manhã seguinte, no bosque de Vincennes. Os adversários teriam uma distância de vinte passos entre si e, ao sinal da terceira palma, atirariam.

Despedimo-nos dos dois padrinhos de Château-Renaud e nos retiramos. No caminho, combinei com Giordano que eu iria até a casa de Louis para contar o que ficara decidido.

— Você tem algum pedido ou recomendação a fazer? — perguntei a Louis antes de ir embora.

— Hoje só tenho que agradecer a sua atenção comigo, senhor — ele respondeu. — Mas amanhã, com certeza, terei... Como sabe, a noite nos dá bons conselhos.

Dormi muito mal naquela noite. Virei de um lado para o outro mais de uma centena de vezes, tive pesadelos...

De manhã, quase duas horas antes do combinado, fui à casa de Louis. O criado preferiu não anunciar a minha presença e logo me conduziu à biblioteca, onde meu amigo escrevia uma carta.

Ele estava muito pálido e disse ao me ver:

— Estou terminando uma carta para minha mãe. Sente-se e leia um jornal. Se quiser tomar o café da manhã, peço a Joseph para lhe servir.

Dispensei o café e tentei ler o jornal. Mas não consegui, preocupado com o duelo que estava prestes a acontecer. Louis, por sua vez, apesar da palidez aparente, demonstrava calma.

Instantes depois, eu estava apenas a folhear o jornal, quando Louis tocou o sino, chamando Joseph. Tão logo o criado apareceu, avisou:

— Não quero ser interrompido nos próximos dez minutos. Se o sr. Giordano chegar nesse meio-tempo, peça-lhe que aguarde um pouco na sala. Preciso conversar a sós com meu amigo.

Joseph assentiu e saiu, fechando a porta.

— Sr. Alexandre, não sei se sabe que uma vez corso, as ideias também são corsas. Dessa forma, não posso obter de Giordano o que pretendo, só conto com o senhor e sua discrição. Promete fazer exatamente o que vou lhe pedir?

— É claro que sim, Louis.

— Fico mais tranquilo com sua resposta. Só assim evitaremos outra desgraça sobre minha família.

— Não estou entendendo... — Fiquei surpreso.

Louis me estendeu a carta que tinha escrito para a mãe, pedindo que a lesse. Tomei-a de sua mão e comecei a leitura:

Querida mãe,

Não existe, para mim, pessoa mais doce e forte ao mesmo tempo. A senhora ensinou a mim e a meu irmão, desde pequenos, a colocarmos todas as ansiedades e preocupações nas mãos de Deus, mesmo nas horas mais difíceis. Esta é uma dessas ocasiões. Como a senhora mesma diz, ninguém sabe quais são os desígnios de Deus.

Não imagino a causa da terrível doença que me atinge em plena juventude. Há três dias, comecei a sentir dor de cabeça e ter febre muito alta. A princípio, não achei que fosse algo sério. No segundo dia, tive tremores pelo corpo e delirei a noite toda. O médico que me atendeu disse que contraí uma doença incurável. Posso morrer a qualquer instante...

Desde ontem, só o que faço é pedir a Deus que, do alto de Sua misericórdia, salve-me, concedendo-me um milagre.

Se Ele não me atender, que possa então perdoar os meus pecados.

As dores de cabeça tornam-se cada vez mais intensas, e, aproveitando a lucidez que ainda me resta, escrevo-lhe contando tudo. Esta carta será colocada no correio exatamente quinze minutos após a minha morte.

Preciso dizer, mãe, que a única coisa que levo comigo é uma enorme saudade da senhora e do meu querido irmão Lucien.

Não chorem por mim. Um dia nos encontraremos em outro lugar, bonito e sem dores.

Querido Lucien, cuide bem de nossa mãe. Ela só tem a você agora. Saiba que eu sempre o amei e respeitei.

Louis de Franchi

Assim que terminei de ler a carta, perguntei, aflito:

— Por que está mentindo para sua família?

Louis deu alguns passos pela biblioteca e voltou a se aproximar de mim, respondendo que seria morto às nove e dez da manhã.

Achei estranho. Como ele podia saber disso? Tinha recebido algum aviso?

— Pensei que meu irmão tivesse lhe contado que os homens da minha família são privilegiados.

— Sim, ele me contou sobre as aparições... — Eu estava quase sem fala.

— Meu pai apareceu-me esta madrugada. Não consegui dormir, claro, e nem podia, sabendo que ia travar meu primeiro duelo. Fiquei lendo um livro, porque já imaginava que meu pai fosse aparecer. Quando o relógio tocou a décima segunda badalada, vi uma luz bem tênue embaixo da porta do meu quarto. A porta se abriu sozinha, sem um ruído. Meu pai surgiu em seguida, envolto por uma luz bem clara.

— Como ele estava? — eu quis saber.

— Exatamente como antes de sua morte, com um casaco que costumava usar em dias mais frios. Apenas seu rosto estava pálido e os olhos, sem viço.

— Meu Deus!

— Quis me levantar da cama, mas ele se aproximou, fazendo um sinal para que eu ficasse ali mesmo. Ele me olhou com tristeza, e eu o saudei, dizendo: "Que bom ver o senhor novamente, meu pai!".

— Mal posso acreditar! — Eu estava atônito.

— O senhor não pode imaginar o que aconteceu então... Meu pai começou a falar, mas nenhum som saiu de sua boca. No entanto, suas palavras ressoaram ao meu coração, vibrantes.

— E o que ouviu de seu pai?

— "Ore a Deus, querido filho." Perguntei ao meu pai se eu seria morto no duelo. Ele nada respondeu, mas nem precisava, pois lágrimas escorreram dos seus olhos. Quis saber a que horas a minha morte ocorreria, e meu pai apontou para o relógio na parede. Ele marcava nove horas e dez minutos!

— Não havia sido esse relógio que tocara as doze badaladas?

— Sim, esse mesmo, mas estranhamente marcava nove horas e dez minutos naquele momento. E ninguém tinha mexido nele. Então perguntei ao meu pai se nada mais poderia ser feito, ao que ele balançou a cabeça negativamente. Fechei os olhos dizendo que, se essa era a vontade de Deus, eu a aceitava. Falei também que estava triste por separar-me da minha mãe e de Lucien, mas que o fato de reunir-me aos meus dois pais, ele e Deus, fazia-me sentir seguro. Ele sorriu tristemente e despediu-se com um aceno. A porta abriu-se para que meu pai pudesse passar, sem que ele sequer a tocasse. Assim como a luz tinha surgido, desapareceu.

Eu estava confuso. Não sabia se acreditava naquela história ou se tudo tinha sido apenas um sonho de um rapaz infeliz, atormentado pela proximidade de seu primeiro duelo.

Enxuguei o suor que escorria da testa e continuei ouvindo as explicações do meu amigo.

— Sr. Alexandre, pelo pouco que conheceu do meu irmão Lucien, acha que ele aceitaria com calma a notícia de que fui morto num duelo?

— Tenho certeza de que não. Ele partiria de Sullacaro na mesma hora para vingar-se daquele que o incitou a tal enfrentamento.

— Agora imagine o senhor... Se ele também for morto, minha mãe perderá o seu último filho. E não deixaremos descendentes!

Finalmente entendi aonde Louis queria chegar. Aquilo era horrível, e ele tinha toda a razão em querer preservar a vida do irmão.

— Escrevi essa carta com a intenção de evitar outra tragédia. Quando Lucien souber que morri por causa de uma doença incurável, ninguém poderá ser culpado pela minha morte, e minha mãe, buscando consolo em suas orações a Deus, logo encontrará a tranquilidade. Bem, não tinha pensado numa outra hipótese... — Louis tornou a caminhar pela biblioteca, pensativo.

— Qual?

— Não, isso não pode acontecer de forma alguma! — Louis parecia falar consigo mesmo.

Vi horror em seu rosto e não voltei a insistir na pergunta.

Então, Joseph bateu à porta, anunciando a entrada de Giordano.

O barão cumprimentou-nos e disse, demonstrando ansiedade:

— Meus caros senhores, aguardei-os na sala o quanto pude, porém já são oito horas, e temos um bom caminho pela frente.

Louis respondeu que estava pronto. Disfarçadamente, fez-me sinal de silêncio, colocando o dedo indicador sobre os lábios.

Respondi com um movimento afirmativo de cabeça e guardei a carta endereçada à sra. de Franchi no bolso do casaco.

— Bem, meu caro Giordano — Louis falou enquanto pegava um envelope lacrado sobre a escrivaninha e o estendia ao barão —, isto é para o senhor. Caso eu não sobreviva ao duelo, leia esta carta e, por favor, faça o que lhe peço.

— Não se preocupe.

Em seguida, Louis voltou-se para mim e perguntou se eu havia cuidado das armas.

— Por sorte, verifiquei as duas e uma delas está com o gatilho emperrado. Sendo assim, acho melhor comprarmos outras pistolas no caminho.

Louis me olhou sorrindo, indicando que havia entendido que eu não gostaria de vê-lo morto por uma de minhas armas.

— Que bom que verificou antes, sr. Alexandre... — Giordano comentou, enquanto nós três já nos dirigíamos para a carruagem que nos aguardava à porta da casa.

Acomodamo-nos no veículo e já estávamos de saída quando Joseph surgiu diante da carruagem.

— Também posso acompanhar o senhor? — o criado perguntou a Louis.

— Obrigado, Joseph... mas não há necessidade. Fique com isto... — Meu amigo lhe entregou algumas moedas de ouro embrulhadas num lenço. — Se um dia tratei-o mal, queira me desculpar.

— O que está acontecendo, senhor? — Joseph tinha a voz trêmula.

— Adeus, meu bom amigo. — E Louis bateu no teto da carruagem, sinalizando ao cocheiro que já era hora de partir. — Foi um ótimo criado. Mais que isso... um grande amigo. Se os senhores souberem de alguém que precise dos serviços de Joseph, por favor, recomendem-no.

— Você o despediu? — Giordano indagou.

— Não. Apenas o estou deixando... — Louis respondeu.

No meio do caminho, paramos para comprar as pistolas, pólvora e balas; logo retomamos a viagem que seguia em ritmo acelerado.

11
OUTRA ESTRANHA COINCIDÊNCIA

ESTÁVAMOS EM VINCENNES faltando cinco minutos para as nove horas.

A carruagem do sr. Château-Renaud chegou junto com a nossa e tomou uma estrada do lado direito, enquanto seguimos por um atalho à esquerda. De qualquer forma, alcançaríamos a mesma alameda central. Esse bosque era conhecido como o local ideal para duelos.

Em poucos minutos, descíamos da carruagem.

Louis pediu que não propuséssemos nenhuma espécie de acordo. Preferia manter o duelo até o fim, mesmo que lhe custasse a vida. Não gostaria de ser chamado de covarde nos salões de Paris.

— Lembre-se de que depositei toda a minha confiança no senhor quanto àquela carta... — segredou-me ao ouvido.

Assenti com a cabeça. Essa era a sua última vontade, e eu teria de cumpri-la.

Louis e Château-Renaud ficaram junto às respectivas carruagens. O barão Giordano, com o estojo de pistolas nas mãos, e eu caminhamos em direção aos outros padrinhos.

Precisávamos abreviar ao máximo aquele momento. Se as autoridades francesas surgissem por ali, poderíamos ser presos.

— Senhores... aqui estão as pistolas que serão usadas no duelo. Por favor, façam uma vistoria. Posso lhes garantir que o sr. Louis de Franchi nem sequer viu como são as armas — Giordano falou, entregando o estojo aos padrinhos de Château-Renaud.

O visconde de Châteaugrand respondeu que não seria necessária nenhuma vistoria.

Boissy tomou as armas e as carregou com a mesma quantidade de pólvora. Depois, colocou uma bala em cada pistola.

— Chances iguais! — ele exclamou secamente.

Enquanto Boissy acabava de preparar as armas, fui ao encontro de Louis. Ele estava calmo e recebeu-me com um sorriso.

— Sr. Alexandre, peça sigilo a Giordano sobre o que acontecerá daqui a alguns minutos. Não quero que ele mencione o duelo a minha mãe e ao meu irmão. Assim como o senhor, ele só poderá lhes informar sobre a minha doença.

— Não se preocupe quanto a isso — afirmei.

— Se possível, entre em contato com os jornais. Certifique-se de que nada será revelado, ou que, ao menos, omitam meu nome.

Meu amigo continuava certo de que ia morrer. Tanto que tirou o relógio do pulso e insistiu em que eu ficasse com ele, como lembrança.

— Vou devolvê-lo em alguns minutos — disse eu, ao apanhá-lo.

O visconde de Châteaugrand e o sr. Boissy interromperam nossa conversa. Eles pediram que o barão Giordano e eu os acompanhássemos até uma clareira onde se daria o duelo. De lá teríamos ampla visão, sem atrapalhar em nada.

Fomos atrás deles.

Châteaugrand pediu que Giordano medisse os passos com ele. Posicionaram-se de costas um para o outro e deram dez passos à frente, marcando os pontos de chegada com dois lenços brancos.

Como minha presença era desnecessária ali, voltei para ficar um pouco mais com Louis.

— Deixei meu testamento sobre minha escrivaninha, na biblioteca — Louis segredou-me.

— Está certo, não se preocupe — respondi.

O visconde de Châteaugrand logo se aproximou, dizendo:

— Senhores, está tudo pronto.

Louis apertou a minha mão. Ela estava fria.

— Adeus, caro Alexandre. — O rapaz tinha um sorriso triste nos lábios. — Obrigado por tudo o que fez e o que ainda vai fazer.

— Você irá se sair bem... — Eu o abracei. — Esqueça a aparição da noite passada e acerte o alvo.

Louis não respondeu e foi até Giordano, despedindo-se dele e recebendo a arma que usaria. Depois, sem nem conferir a munição colocada, caminhou lentamente ao local indicado.

Château-Renaud já o aguardava na clareira.

De acordo com o costume, depois de cumprimentarem seus respectivos padrinhos, os duelistas deveriam cumprimentar os padrinhos do adversário. Feito isso, Château-Renaud e Louis cumprimentaram-se.

Château-Renaud estava calmo. Segundo me contaram, era muito habilidoso tanto com armas de fogo quanto com espadas e já duelara numerosas vezes, sempre se saindo vencedor. Sabia, com certeza, que aquele era o primeiro duelo de Louis... e a primeira vez que o rapaz pegava numa arma também.

— Podemos começar? — Château-Renaud indagou.

Louis levantou seus olhos para o céu e pareceu ter murmurado alguma coisa. Em seguida, olhou para mim e acenou.

— Senhores, queiram preparar-se — Châteaugrand pediu. E, batendo palmas, começou a contar: — Um... Dois... Três...

Os dois tiros soaram ao mesmo tempo.

Enquanto Château-Renaud estava em pé, apenas conferindo o casaco atingido pelo disparo, Louis caiu ao chão.

— Você está ferido! — Corri até meu amigo e o segurei nos braços.

Louis tentou dizer alguma coisa, mas não conseguiu. Do lado direito do peito, havia uma mancha grande, vermelha. Sua arma caiu, e ele levou a mão ao ferimento, de onde jorrava muito sangue.

— Giordano! Procure um médico e traga-o aqui o mais rápido possível! — gritei, desesperado.

Louis fez um leve movimento negativo com a cabeça, sinalizando que isso era inútil.

Enquanto eu o acomodava para que ficasse numa posição mais confortável, sua mão foi escorregando de cima do peito, até cair junto ao corpo.

Coloquei meus dedos ao redor do seu pulso. Ele ainda estava vivo!

Château-Renaud saiu de perto, deixando-nos a sós. Seus padrinhos aproximaram-se. Queriam prestar ajuda.

Tiramos o casaco de Louis e desabotoamos seu colete para que pudesse respirar melhor. A bala havia atravessado a sexta costela e saíra do outro lado, de modo que o sangue jorrava por esses dois ferimentos. Louis mal conseguia respirar. Com certeza, meu mais novo amigo morreria em alguns minutos.

Os padrinhos do adversário aparentavam tristeza. Revelaram-se arrependidos por ter aceitado apadrinhar aquele duelo e pediram a de Franchi que não odiasse Château-Renaud. Louis ficou ainda mais pálido e, num fio de voz, disse:

— Retirem-se...

Château-Renaud e seus dois padrinhos entraram na carruagem e partiram, sem nem dizer adeus.

Olhando para mim, Louis acrescentou, com muito esforço:

— Lembre-se... da promessa que me fez...

— Fique tranquilo. Tudo será feito de acordo com sua vontade — garanti.

— Veja que horas são, meu... bom amig... — A cabeça do rapaz caiu para o lado, e ele deu o último suspiro.

Conferi as horas. Meu Deus! Era como o pai de Louis tinha falado: nove horas e dez minutos!

— Está morto. — Giordano encostou o ouvido junto ao peito de Louis.

Fechamos nossos olhos e pedimos por sua alma. Pobre rapaz!

Em seguida, colocamos cuidadosamente seu corpo na carruagem e o levamos até sua casa. Lá chegando, pedimos a ajuda de Joseph.

Ao ver o corpo sem vida do patrão, o criado chorou silenciosamente. Ajudou-nos a carregá-lo até o quarto, onde lavaria sua ferida e trocaria suas roupas para o funeral.

Tão logo colocamos o corpo sobre a cama, dei com o relógio de parede marcando as horas: nove e dez!

Chamei Joseph num canto e perguntei se o relógio estava quebrado ou se ele se esquecera de dar corda. O criado contou-me que também estranhava o seu mau funcionamento. Era a primeira vez que falhava. Tinha dado corda nele assim que deixamos a casa.

Giordano ficou encarregado de ir à polícia para comunicar o óbito. O barão também queria avisar todos os amigos de Louis a respeito; foi quando lhe pedi que lesse a carta que o rapaz lhe entregara naquela manhã.

Ela manifestava o desejo de que Lucien e a sra. de Franchi não soubessem a verdadeira causa da morte de Louis e que o enterro fosse feito o mais discretamente possível.

Giordano mostrou-se solícito e saiu para tratar do enterro. Quanto a mim, fui visitar os dois padrinhos de Château-Renaud. Pedi-lhes que guardassem segredo sobre o ocorrido e afastassem Château-Renaud da cidade durante algum tempo. Entretanto, não lhes revelei o motivo de tudo isso.

Também recomendei ao diretor do maior jornal de Paris que não noticiasse o duelo. Ele me garantiu que nada publicaria a respeito e pediria aos outros jornais que fizessem o mesmo.

Em seguida, tratei de levar a carta destinada à sra. de Franchi ao correio. No caminho, fiquei angustiado, pensando: "Como a mãe de Louis vai reagir ao saber de sua morte? E Lucien?".

12
A HISTÓRIA SE REPETE

NO DIA SEGUINTE, nenhuma notícia sobre o lamentável caso saiu nos jornais.

O enterro de Louis de Franchi foi feito no cemitério Père-Lachaise, na presença de poucas pessoas.

Depois de uma breve cerimônia religiosa, despedi-me do barão Giordano e de Joseph, prometendo a este arrumar-lhe um novo emprego.

Acabei sabendo, nessa mesma ocasião, que Château-Renaud se recusara a deixar Paris. Disse que não via inconveniente algum em continuar na cidade. Achei melhor não insistir nessa questão.

Cinco dias se passaram. Eram onze horas da noite. Eu estava cansado, mas, mesmo assim, trabalhava em um novo manuscrito.

Ouvi baterem à porta do quarto. Era meu criado Victor. Ele entrou, fechou a porta e, trêmulo, contou que Louis de Franchi queria falar comigo.

Levantei-me da cadeira com um salto. Victor estava pálido, parecia ter visto um fantasma!

— Acalme-se, Victor... e diga quem chegou para falar comigo.

— Aquele... aquele seu amigo que aqui esteve há poucos dias.

— Você ficou louco? Louis morreu! Fizemos seu enterro no Père-Lachaise!

— É por causa disso que estou transtornado. Ele... tocou a campainha... Quando fui atender à porta, levei um enorme susto! Ele entrou na sala e perguntou se o senhor estava em casa. Mal consegui responder que sim, tão nervoso fiquei. Daí me pediu que eu viesse anunciá-lo. Perguntei-lhe o nome, e ele respondeu: "Diga ao seu patrão que o sr. de Franchi quer lhe falar".

— Você deve estar com dificuldade para enxergar... Ou então a sala está às escuras! Volte e pergunte o nome do visitante novamente — ordenei.

— Sr. Alexandre, nunca tive dificuldade para enxergar... e meus ouvidos são ótimos. Por isso eu digo: vi e ouvi muito bem o nome que ele falou: sr. de Franchi.

— Então faça-o entrar, Victor.

O criado retornou à sala. Minutos depois, o convidado entrava em meu quarto. Quando o vi, também me assustei. "É Louis! Como é possível? Acompanhei seu enterro!", pensei.

— Queira desculpar-me por vir sem avisar. É que acabei de chegar a Paris e quis falar com o senhor o mais rápido possível.

Era Lucien, e não Louis, quem estava à minha frente.

— Que bom revê-lo, querido amigo! — Eu o abracei, emocionado.

Fiquei imaginando se ele tinha recebido a carta... Mas logo concluí que uma correspondência levaria muitos dias para chegar a Sullacaro.

— Lucien, você não sabe a desgraça que aconteceu! — Eu ia começar a explicar.

— O senhor está enganado. Eu já sei de tudo — ele disse.

Como Lucien podia saber de tudo? Antes que me contasse, pedi a Victor que preparasse a ceia e o quarto de hóspedes. Fazia questão de hospedar Lucien em minha casa, assim como ele tinha me recebido na sua.

Logo que o criado saiu, deixando-nos a sós, Lucien começou a falar:

82 | OS IRMÃOS CORSOS

— Estive há pouco na casa de meu falecido irmão. Ficaram tão assustados quando me viram que tive de sair de lá sem conseguir explicar que sou irmão gêmeo de Louis. — Ele tinha o rosto bem triste.

— Até eu que já o conhecia fiquei aterrorizado! Talvez o fato de estar usando trajes parisienses tenha o deixado mais parecido ainda com Louis — observei. — Mas conte-me, Lucien... Estava viajando pelos arredores quando soube da morte repentina de seu irmão? Ele deixou uma carta endereçada à sra. de Franchi e a você; eu a coloquei no correio há poucos dias, mas ainda não deve ter chegado...

— Não, eu estava em Sullacaro mesmo. Lembra-se de que lhe contei sobre as aparições na minha família?

— Sim, caro amigo. Quer dizer... que você viu seu irmão? — Eu estava quase sem voz.

— Exatamente.

— E quando isso aconteceu?

— No dia da morte dele. Louis me contou tudo.

— Inclusive como aconteceu? — Eu ficava cada vez mais perplexo.

Lucien então detalhou o duelo, como se o tivesse presenciado. Louis lhe revelara quem o matou, de que forma e o motivo.

— Não é possível, Lucien! — exclamei. — Alguém deve ter ido a sua cidade e lhe segredou tais informações.

— Eu não brincaria com isso neste momento, senhor.

— Desculpe-me, Lucien, mas há de convir que o que acontece na sua família é tão fora do comum — tentei explicar a minha incredulidade.

— Tudo bem se o senhor se recusa a acreditar... mas posso lhe mostrar prova bem concreta. Olhe... — Lucien tirou a casaca, o colete e desabotoou a camisa, deixando à vista uma estranha marca vermelha, como que impressa na pele, na altura da sexta costela do lado direito. — E agora, dá para entender?

— Realmente, foi aí que a bala atingiu seu irmão.

Em seguida, Lucien me mostrou a segunda marca, um pouco acima do quadril esquerdo, por onde a bala havia saído em Louis. Fiquei completamente sem fala, apenas algumas lágrimas escorreram de meus olhos.

— Meu irmão morreu às nove horas e dez minutos da manhã.

Assim que me recobrei, pedi a Lucien que me contasse tudo desde o início. E que não se ofendesse se eu o interrompesse com algumas perguntas.

O rapaz sentou-se numa poltrona e, olhando-me nos olhos, começou:

— Há seis dias, selei o meu cavalo e saí para falar com alguns empregados que estavam pastoreando as ovelhas nos montes. A certa altura, conferi as horas e já estava colocando meu relógio no bolso quando senti uma pancada forte de lado. Devo ter desmaiado e caído do cavalo porque, ao acordar, Orlandi molhava minha testa, e o animal encontrava-se alguns metros mais além. Orlandi quis saber o que tinha acontecido, se eu me sentira mal ou se alguém me atacara. Respondi que também não sabia. Tinha a impressão de ter levado um tiro. Orlandi ficou preocupado e quis ver se eu estava ferido. Mostrei o lugar onde doía, e ele examinou meu casaco, dizendo que nenhum furo havia nele. Refleti por alguns segundos e disse-lhe que aquilo era um sinal de que meu irmão fora morto. — Lucien fez uma longa pausa.

— O que Orlandi falou? — perguntei, ansioso.

— Ele ficou olhando para mim, sem nada dizer, até que tirei o casaco e a camisa e mostrei a marca de um ferimento, que começou a sangrar somente naquela ocasião. Orlandi recomendou-me que voltasse para casa. Trouxe meu cavalo para perto e ajudou-me a subir nele. Pensei em voltar a Sullacaro, pois o ferimento doía muito. Sabe, sr. Alexandre, não era só um ferimento no corpo, mas um aperto no peito que nunca havia sentido antes. Então fiquei imaginando como daria aquela notícia a minha mãe. Eu não tinha nenhuma prova de que meu irmão estivesse morto... Por outro lado, eu sabia que ele morrera em algum lugar de Paris. Decidi continuar o trajeto até os pastores. Assim, teria mais tempo para refletir sobre o assunto. Acomodei-me no cavalo e não galopei, pois aquela marca doía como se fosse um ferimento de verdade. Voltei para casa às dez horas da noite.

— Sua mãe o esperava? — indaguei, pois sabia da preocupação constante da sra. de Franchi em relação aos filhos.

— Sim, ela estava me esperando para a ceia, com a mesa posta, conforme havíamos combinado quando saí pela manhã. Tentei manter a calma e conversamos como de costume, sem que ela nada notasse. Assim que terminei a refeição, fui para o meu quarto, alegando cansaço. Ao passar pelo corredor do piso superior, uma rajada de vento apagou a minha vela. Decidi descer para acendê-la novamente, então vi que tinha luz no quarto de Louis. Achei que meu criado Griffo, que o senhor bem conhece, estivesse ali arrumando alguma coisa e fui falar com ele. Quando abri

84 | OS IRMÃOS CORSOS

a porta do quarto, vi uma grande vela acesa ao lado de meu irmão, que estava deitado na cama.

— Não é possível, Lucien! Como ele... foi parar lá?

— Louis estava com a camisa aberta e seu peito, coberto de sangue. Permaneci ali, em pé, paralisado de medo. Depois de alguns minutos, criei coragem e ajoelhei-me ao lado dele. Toquei-lhe o rosto... estava frio! Olhei o ferimento de perto... Ele tinha sido baleado no mesmo lugar onde eu senti a dor. Fechei meus olhos em oração. Quando os abri novamente, eu estava na penumbra; a vela se apagara e o corpo de meu irmão havia sumido! Saí do quarto no escuro, apalpando os objetos no caminho, suando e terrivelmente amedrontado. O senhor sabe que eu sou um homem corajoso. Já passei por tantos perigos e nunca me acovardei perante eles. Mas aquela cena de Louis, já sem vida, com a fisionomia de um mártir, estarreceu-me. Desci para acender a vela e encontrei minha mãe. — Lucien fez uma nova pausa.

— A sra. de Franchi percebeu alguma coisa? — indaguei.

— Ela gritou assim que me viu, querendo saber o que tinha acontecido, pois nunca me vira tão pálido. Falei que estava muito cansado e que voltara apenas para acender minha vela que se apagara pelo caminho. Então, fui novamente ao quarto de Louis, mas nada encontrei. A cama estava vazia! A vela enorme também havia desaparecido, como que por encanto. E a roupa de cama não tinha uma ruga!

— O que você fez depois disso?

— Fui para o meu quarto e deitei-me na cama, com muita dor no "ferimento"... Fiquei pensando no meu irmão... Ele tinha morrido às nove horas e dez minutos. Quem o matara? Por quê? As perguntas martelavam na minha cabeça!

— Posso imaginar — comentei, colocando-me em seu lugar. — Conseguiu dormir?

— Fiquei horas revirando-me na cama até que acabei pegando no sono e tive um sonho.

— Lembra-se como foi?

— Claramente — Lucien afirmou. — No sonho, vi como meu irmão morreu e o homem que o matou. O nome dele é Château-Renaud.

— Ah, meu amigo, você tem toda a razão.

Foi aí que algo terrível me passou pela cabeça. Por que Lucien tinha vindo tão rapidamente a Paris?

— E o que o trouxe até aqui? — eu quis saber.

— Vim para matar o homem que destruiu a vida de Louis. — O rosto de Lucien parecia ter sido talhado em pedra.

— Matar Château-Renaud? — Eu mal podia acreditar.

— Fique calmo, sr. Alexandre. Não vou armar nenhuma cilada nem ficar de tocaia para isso, como os corsos costumam fazer. Vou matá-lo com toda a classe dos franceses: pistola, luvas brancas, camisa e casaco.

— Sua mãe sabe disso? — perguntei, angustiado.

— Sim. Eu não mentiria a ela por nada. Antes que eu partisse, ela se despediu de mim com um beijo e me deu sua bênção. Minha mãe é uma mulher forte! — Um leve sorriso surgiu no rosto do rapaz.

Comentei com Lucien que Louis me pedira que lhes mandasse aquela carta, comunicando ter sido acometido por uma doença incurável, justamente porque não queria vingança.

— Meu irmão deve ter mudado de ideia, caso contrário não teria aparecido em sonho e revelado o nome do assassino — concluiu Lucien.

Nesse momento, Victor entrou e serviu a ceia ali mesmo, no quarto.

Nós nos sentamos à mesa. O apetite de Lucien mantinha-se inalterado. Comeu e tomou vinho como se nada tivesse acontecido.

Assim que terminamos, eu o conduzi ao quarto onde passaria a noite.

— Obrigado, sr. Alexandre. Boa noite! — foi tudo o que ele disse, antes de entrar e fechar a porta.

Voltei ao meu quarto, mas custei a dormir. A imagem de Louis não me saía da cabeça. Aos poucos, ela se confundia com a de Lucien, até que meus olhos se fecharam e caí num sono profundo.

Na manhã seguinte, eu havia acabado de me levantar quando o criado entrou em meu quarto, dizendo:

— O sr. Lucien quer lhe falar. — E Victor deu passagem ao rapaz, que já estava vestido.

— Bom dia, sr. Alexandre. Gostaria de ir ao local onde meu irmão foi morto. O senhor me daria o prazer de sua companhia?

Aceitei o convite, mesmo sabendo que, se eu não pudesse acompanhá-lo, ele teria ido sozinho.

Enquanto acabava de me vestir, Lucien pediu a meu criado que mandasse uma carta a Giordano.

Partimos logo após, em minha carruagem, sem nem tomarmos o café da manhã, tamanha era a pressa de Lucien. Ao chegarmos a Vincennes, ele falou:

— Não precisa dizer onde foi... Vi tudo no meu sonho. Vou reconhecer o local em que meu irmão caiu.

Era inacreditável! Assim que o cocheiro parou, descemos da carruagem, e Lucien caminhou até o bosque. Atravessou-o, afastando alguns ramos de árvores, sem o menor vacilo. Desceu o barranco e andou devagar pela clareira, olhando o chão atentamente. Andou um pouco mais, até que agachou, dizendo:

— Foi aqui que Louis foi morto! — Tocou uma mancha vermelha no chão.

Em seguida, ergueu-se e, com os olhos faiscando de raiva, caminhou até o lado oposto, parando exatamente onde Château-Renaud disparara o tiro certeiro.

— Foi deste ponto que Château-Renaud atirou. E será neste mesmo lugar que o senhor o verá cair amanhã — afirmou.

Fiquei estarrecido. E perguntei o que Lucien pretendia.

— Desafiá-lo para um duelo. E ele virá, tenho certeza! A não ser que seja um covarde!

Tentei explicar a Lucien que esse procedimento não era comum na França. O duelo tinha sido entre Château-Renaud e Louis. Isso não podia suscitar consequências, como a vingança que ele prometia.

Lucien respondeu que Château-Renaud não tinha o direito de desafiar um homem que, de tão honrado, havia oferecido proteção a uma senhora covardemente enganada. O miserável tinha matado seu irmão, mesmo sabendo que este nunca havia tocado numa arma.

Baixei a cabeça em silêncio.

— É o mesmo que matar aquela ovelha inocente que nos olha! E não se preocupe comigo. Sei muito bem o que faço. Escrevi uma carta a Giordano, amigo de Louis, pedindo-lhe que avisasse Château-Renaud de que eu o estou desafiando para um duelo. Acha que Château-Renaud vai aceitar?

— Certamente que sim. A fama dele não me permite dizer o contrário.

— Ótimo! Então vamos almoçar. Pedi também a Giordano que nos encontre no restaurante preferido de Louis. Então, saberemos se meu desafio foi aceito — declarou Lucien.

De volta à carruagem, ordenei ao cocheiro que nos levasse ao Café de Paris.

Trinta minutos depois, já estávamos na frente do restaurante.

13
O ÚLTIMO DUELO

APESAR DE OS JORNAIS nada terem publicado, a notícia da morte de Louis havia corrido de boca em boca por toda a Paris.

Lucien era tão parecido com o irmão que, ao entrar no restaurante, não teve quem não o encarasse como a um fantasma.

Para evitar comentários e ter privacidade, procurei um local reservado.

Ficamos na parte de baixo do salão, bem ao fundo. Lucien distraiu-se com a leitura de um jornal. Seu semblante era tão sereno que me causava arrepios.

"Como pode manter essa aparência tão tranquila quando está a ponto de duelar com Château-Renaud?", pensei.

Já íamos pedir o almoço quando Giordano chegou. Os dois jovens já se conheciam, mas havia muito tempo não se encontravam. Primeiro apertaram as mãos e depois abraçaram-se fortemente.

— Conte-me, Giordano, Château-Renaud aceitou o desafio? — Lucien estava ansioso.

— Sim... Mas impôs uma condição... — Giordano sentou-se ao lado de Lucien.

— Qual? — nós dois indagamos ao mesmo tempo.

— De que depois desse duelo sua família o deixe em paz.

— Pois diga a ele que nunca mais será molestado, sou o último descendente dos de Franchis — Lucien declarou.

Giordano também contou que Château-Renaud manteve tanto os padrinhos como o horário, o local e as armas do duelo anterior.

Durante todo o almoço, Lucien conversou animadamente sobre outros assuntos.

Após a refeição, acompanhamos Lucien à casa de seu irmão. Ele nos confidenciou que gostaria de passar aquela noite que antecedia o embate na cama de Louis. Ia ser difícil, mas precisava fazê-lo.

Marcamos novo encontro para o dia seguinte às oito horas da manhã. Lucien pediu que tentássemos reaver as pistolas do outro duelo, mesmo que, para isso, pagássemos muito dinheiro.

Deixamos o rapaz ali e seguimos até a loja de armas. As pistolas tinham sido colocadas à venda, como de costume. Pagamos um bom dinheiro por elas. Então, despedi-me de Giordano e voltei para minha casa.

À noite, sonhei com Lucien. Ele estava caído, mortalmente ferido, no mesmo local onde morrera seu irmão. Acordei suando muito e não preguei mais os olhos.

Na manhã seguinte, saí cedo e cheguei à casa de Louis às sete e quarenta e cinco.

Joseph me conduziu à biblioteca. Lucien estava escrevendo uma carta... na mesma mesa e na mesma posição em que eu vira seu irmão no dia do duelo.

Senti um arrepio na espinha ao me lembrar do sonho que tive.

Lucien sorriu e contou que estava escrevendo uma carta para a mãe.

— Tomara que seja uma carta com final feliz! — Era o que eu desejava do fundo do coração.

— Pode acreditar nisso, meu bom amigo. Estou dizendo a ela que agradeça a Deus, pois, agora que Louis foi vingado, encontrará a paz.

Perguntei a Lucien como podia ter tanta certeza disso, e ele me respondeu que, assim como o irmão tinha me afirmado, com antecedência, que iria morrer no duelo, ele também sabia que mataria Château-Renaud.

Lucien levantou-se e, aproximando-se de mim, acrescentou:

— Vou matá-lo com uma bala bem aqui. — Pousou o dedo no lado esquerdo da minha cabeça.

— E... o que vai acontecer com você? — Tive medo de perguntar porque não sabia se estava preparado para a resposta.

— Nada — ele garantiu.

Sugeri a Lucien que esperasse o final do duelo para enviar a carta, mas ele me assegurou que não havia necessidade. Tinha certeza absoluta do desfecho.

Dito isso, fechou a correspondência, chamou Joseph e pediu que a levasse ao correio o mais rápido possível.

— Você viu Louis de novo? — perguntei.

Sim, ele o havia visto.

Naquele instante, Giordano chegou. Olhei para o relógio da sala. Eram oito horas.

Logo estávamos entrando na carruagem e seguindo para o local combinado. Lucien, ansioso, apressou o cocheiro o quanto pôde. Acabamos chegando dez minutos antes do previsto.

Château-Renaud e seus padrinhos apareceram às nove horas, cada qual montado em seu cavalo. Tão logo avistou Lucien, Château-Renaud empalideceu. Tentou disfarçar seu nervosismo mexendo com o chicote.

— Como têm passado, senhores? — Châteaugrand e Boissy cumprimentaram-nos ao se aproximarem. — Como já foi avisado, este é o último duelo que o sr. Château-Renaud aceita.

— O sr. Lucien já foi informado disso e concorda — respondemos Giordano e eu.

— Estão com as armas? — Châteaugrand quis saber.

— Sim. Exatamente as mesmas do duelo anterior. — Giordano mostrou as pistolas cuidadosamente colocadas numa caixa.

— O sr. Lucien as conhece? — Boissy indagou.

— Nosso amigo não as viu nem tocou nelas, ao passo que Château-Renaud já fez uso de uma dessas pistolas — falei.

— Muito bem. Está na hora... — Châteaugrand fez um gesto para que caminhássemos em direção ao bosque.

Château-Renaud seguiu à frente. Lucien, Giordano e eu fomos logo atrás e, depois de nós, os padrinhos do adversário.

Não tenho palavras para explicar o que me ia à alma. Um misto de angústia, dor, ansiedade.

Chegamos finalmente à clareira. Château-Renaud era um homem experiente, sabia dominar seus sentimentos, mas, a cada vez que lançava um olhar a Lucien, percebia-se em seus olhos uma certa inquietação.

Lucien, no entanto, parecia nada temer. Talvez fosse essa diferença entre um irmão e o outro que desconcertava Château-Renaud.

Châteaugrand e Boissy pegaram as pistolas e as carregaram, passando-as para Giordano e eu. Examinamos as armas. Estava tudo certo.

Enquanto Lucien mantinha-se calmo, Château-Renaud tirou um lenço do bolso do casaco e enxugou o suor da testa. Ela estava molhada! Com certeza a figura de Lucien o remetia a Louis, assustando-o cada vez mais!

Lucien deu alguns passos e colocou-se no lugar onde o irmão tinha caído.

Essa atitude fez com que Château-Renaud se postasse no mesmo lugar da outra ocasião.

As armas foram entregues aos dois. A de Château-Renaud parecia pesar dez vezes mais... Sua fisionomia nem um pouco lembrava o ar despreocupado do duelo anterior.

Lucien, por sua vez, recebeu sua pistola com um discreto sorriso nos lábios.

— Estão prontos? — o visconde de Châteaugrand perguntou aos dois homens.

— Sim — eles responderam ao mesmo tempo.

Não tive coragem de assistir ao duelo e virei-me de costas. Parecia um pesadelo. Mal ouvi as palmas e os tiros foram disparados logo em seguida. Não sabia se me voltava para olhar ou se saía dali.

Respirei fundo e dei meia-volta. Nunca mais esquecerei o que vi. O imbatível Château-Renaud estava caído ao chão... Morto. Não tinha dado um gemido, nem um suspiro que fosse, nem feito qualquer movimento.

Aproximei-me do corpo. A curiosidade me levou a ajoelhar e conferir o trajeto da bala: ela tinha entrado do lado esquerdo da cabeça, no lugar que Lucien havia indicado.

Os padrinhos de Château-Renaud estavam pálidos e assustados. Não imaginaram que ele morreria no duelo.

Eu e Giordano caminhamos em direção a Lucien, que permanecia no mesmo local, sem mover um só dedo. Quando cheguei ao seu lado, Lucien jogou a pistola ao chão e abraçou-me, chorando.

— Meu irmão... Meu irmão a quem tanto amava... — Ele não parava de soluçar.

Confortei aquele jovem por um bom tempo e pude perceber que aquelas lágrimas eram as primeiras que derramava.

Aos poucos, os soluços foram diminuindo, e Lucien, dando um longo suspiro, deixou aberta a porta de seu coração para que a paz, enfim, ali se alojasse.

SONHOS PERIGOSOS
Telma Guimarães Castro Andrade

TELMA GUIMARÃES CASTRO ANDRADE.

Brasileira, nasceu em Marília, em 1955, e mora atualmente em Campinas. É casada, tem três filhos e uma neta.
Cresceu ouvindo histórias inventadas pela mãe, casos contados pelo pai e inúmeras traquinagens que os tios aprontavam quando pequenos. Do mesmo modo, recontava todas essas histórias aos próprios filhos à noite, antes de dormirem.
Para não as esquecer, passou a anotar tudo em cadernos.
Incentivada pela mãe, enviou alguns textos infantis a várias editoras. Até que publicou o primeiro livro e não parou mais.
Aluna de intercâmbio na terra de Edgar Allan Poe, um de seus autores preferidos, passou a se interessar pelas literaturas norte-americana e inglesa. Foi por esse motivo que decidiu prestar vestibular para o curso de Letras Vernáculas e Inglês. Formou-se pela Unesp de Marília e, em 1979, efetivou-se como professora de Inglês na rede estadual de Campinas, tendo atuado também como assessora cultural na Delegacia Regional de Cultura dessa cidade.
Em 1988, iniciou a carreira literária, com os livros infantis Cara de pai, O sopão da Bruxaluca *e* A Tarta-luga. *Em 1989, recebeu da APCA (Associação Paulista dos Críticos de Arte) o título de Melhor Autora em Literatura Infantil, com o livro* Mago Bitu Fadolento.
Tem mais de 120 títulos publicados em diversas editoras, entre obras infantis, juvenis, didáticos e dicionário em língua inglesa. Essa familiaridade com o idioma facilitou a adaptação de O fantasma de Canterville, *de Oscar Wilde, para o volume* Três mistérios, *da coleção Três por Três.*
Para o mesmo volume, Telma escreveu Sonhos perigosos, *em que a garota Lena revela uma estranha habilidade premonitória, herdada da avó, que irá ajudá-la a desvendar um misterioso caso envolvendo o museu de artes da cidade onde mora.*

1
UM SONHO MUITO ESTRANHO

LENA ACORDOU SUANDO frio. Tinha sonhado com o professor de Matemática do nono ano. Viu quando ele entrou no mar, deu tchau e mergulhou numa onda. Depois, viu vovó Rosa, que morrera havia quinze dias somente, em pé ao lado de um caixão, com um olhar triste. Ela acenava, como se estivesse chamando a neta para mais perto. Lena achou que a avó tivesse saído de seu próprio esquife e aproximou-se lentamente. A avó queria lhe mostrar algo... talvez que o caixão estivesse vazio. De repente Lena viu... o professor de Matemática morto!

"Nossa, quanta bobagem! Como é que podem aparecer no mesmo sonho duas pessoas que nunca se viram, uma viva e outra morta? Vovó Rosa nunca viu o professor de Matemática do colégio!", a garota sentiu um certo alívio ao acender a lâmpada do abajur.

Atrasada para a escola, até se esqueceu de contar para a mãe, dona Cidinha, o que tinha sonhado. O pai e Letícia, a irmã caçula, não davam a mínima para os sonhos. Mas a mãe, não. Dona Cidinha tinha uma história com sonhos porque a mãe dela, dona Rosa, era uma espécie de... *sonhóloga*.

De tardezinha, quando dona Cidinha chegou do trabalho, Lena a chamou em seu quarto e contou-lhe o sonho que tivera tim-tim por tim-tim.

— O que é isso, mãe, e essa coisa de sonhar com a vovó? — Lena perguntou a certa altura.

— Sua avó sempre teve uns sonhos assim, meio premonitórios — dona Cidinha confidenciou. — Sabe que até número de loteria ela acertava? Só que não jogava. Deixou de ficar rica umas três vezes. Mas não se preocupe com bobagens... Você não viu o professor na escola hoje cedo?

— Vi. Dei uma passada na sala dos professores, e ele estava lá, forte e sacudido, como o vovô bem diz.

— Pois então, foi só um sonho. Melhor não dar muita importância a isso, Lena. Todo mundo sonha, alguns se lembram, outros não.

— Tudo o que a vovó sonhava acontecia?

— A maioria, sim. Mas, com o tempo, essa história de sonho acabou virando uma brincadeira na família. Tio Beto vivia fazendo perguntas do tipo: "Mãe, que nota vou tirar na prova? Mãe, é com a Carolina que eu vou me casar?" Sabe que até eu brincava, perguntando onde eu ia trabalhar, quem ia paquerar... Entendeu, Lena? Nunca levamos isso muito a sério, e não quero que você leve também. — Dona Cidinha resolveu colocar um ponto final naquela história. Ainda doía tanto falar de sua mãe...

— A senhora lembra que eu sonhei com a vovó um dia antes da morte dela, mãe? Lembra que contei que a vovó veio se despedir de mim?

— Sim... mas ela estava na UTI, e todo mundo sabia que não tinha mais nenhuma chance. Vários de nós sonharam com ela também. Muito natural, filha. — Dona Cidinha tentou passar tranquilidade a Lena. — Não deixe que isso abale você.

A garota concordou com a mãe. Estava exagerando, preocupada com um professor que só conhecia de vista.

2
PROFESSOR MURILO

A SEMANA PASSOU voando. Reunião de grupo de estudo, entrega de trabalho, apresentação de peça teatral no auditório do colégio.

Na segunda-feira seguinte, Lena chegou à escola e logo ouviu o zum-zum-zum:

— Nossa, como foi acontecer isso com o professor Murilo? Ele sabia nadar tão bem! — Os alunos estavam tristes e dividiam-se em pequenos grupos.

Sentiu um frio na barriga. Aproximou-se dos amigos da classe e, gaguejando, quis saber do ocorrido.

— Uma tragédia! O professor Murilo foi passar o final de semana na praia e morreu afogado. No sábado, a mulher dele e a filha o viram entrando no mar, que não estava agitado nem nada. Parece que a mulher dele ia voltar ao hotel junto com a garotinha porque tinham esquecido o baldinho e a pá. Olharam para trás, e ele ainda abanou a mão. Quando voltaram, não o viram mais. O corpo só apareceu no domingo de tardezinha. O enterro vai ser às cinco horas. — Roberta enxugou as lágrimas que caíam de seus olhos. O professor era seu vizinho havia muitos anos e até no casamento dele tinha ido.

Lena sentiu o chão sumir sob seus pés. "Eu deveria ter avisado o professor para que tomasse cuidado com o mar!!! Com certeza, minha avó quis me alertar, e eu não entendi direito. Que pena! Que pena!", sentiu seu corpo tremer.

Os amigos continuaram conversando. As vozes pareciam tão longe...

Camila percebeu a palidez de Lena e perguntou:

— O que você tem, Lena? Está tão branca! Eu vou voltar pra casa porque suspenderam as aulas. Quer me fazer companhia?

— Ham-ham... — Foi tudo o que conseguiu responder.

Lena falou pouco pelo caminho. A imagem do sonho era cada vez mais nítida: a avó perto do corpo do professor, com um sorriso triste. Lena achou melhor não dizer nada a Camila sobre o sonho. Se contasse, a amiga poderia até achar que era mentira. Quando encontrasse a mãe, conversaria com ela. Com certeza, a mãe lembrava-se do sonho e lhe diria alguma coisa que acalmasse seu coração. Tudo o que Lena queria naquele momento era um pouco de colo. Na verdade, um colo grande, quentinho, e um abraço gostoso, que lhe passasse segurança. E isso sua mãe dava de sobra.

Ao chegar em casa, foi direto para seu quarto e jogou-se sobre a cama, chorando. "Se tivesse avisado o professor, poderia ter evitado uma tragédia! Será que ele teria acreditado no sonho?", sua cabeça estava confusa e seu coração, morto de remorso.

Lembrou-se então da noite anterior à morte da avó. Tivera um sonho no qual dona Rosa aparecia com um vestido azul de bolinhas brancas, seu preferido. Ela contou que tinha acabado de morrer e que precisava passar seus dons adiante. Lena sentira medo, mas, aos poucos, com a fala mansa da avó, foi ficando mais calma e tentou entender o que aquilo significava. Vovó Rosa sentou-se na beirada da cama e explicou que os sonhos sempre tinham lhe trazido mais coisas boas do que ruins. Por isso, ela queria deixá-los com Lena, como herança, já que não tinha acumulado nenhuma fortuna em vida. "Meus sonhos são tudo o que tive de bom! Sempre fui muito cuidadosa com eles. Nunca contei nada a estranhos, a não ser que precisasse prevenir alguém contra alguma tragédia. Saiba interpretá-los, Leninha... e serão sempre bons sonhos, não se transformarão em pesadelos", e desapareceu completamente.

Ao acordar, a garota não se lembrou do sonho na mesma hora. Só quando soube da notícia e da hora em que a avó havia morrido é que tudo voltou à sua mente. No enterro, ao ver dona Rosa no caixão, Lena teve a impressão de que a avó estava dormindo e tendo um sonho bom. Usava o mesmo vestido azul de bolinhas brancas com que aparecera no sonho da neta.

Lena levantou-se da cama com uma tremenda dor de cabeça. Mesmo assim, esquentou seu almoço. Letícia costumava passar uma tarde da semana na casa da madrinha, e, apesar de achá-la infantil, sentia falta de suas perguntas inusitadas e do barulho que fazia à volta.

Depois de muito remexer a comida no prato, voltou ao quarto na tentativa de terminar os exercícios de Matemática.

Finalmente, às seis horas, ouviu as risadas de Letícia e a voz dos pais, que haviam passado para apanhá-la na casa da madrinha.

Tão logo dona Cidinha entrou no quarto das filhas, Lena correu a lhe dar um abraço e foi logo contando tudo.

— Não sei se teria conseguido impedir alguma coisa, Lena. Destino é destino. Se o professor estava com uma viagem marcada, não iria mudar seus planos por causa de um sonho de uma aluna, que ele nem conhece direito. — A mãe tentou consolar a filha.

Depois de um bom tempo conversando, as duas foram até a cozinha preparar um lanche. Seu Gustavo não parava de falar sobre política, enquanto Letícia descrevia a nova televisão que os padrinhos haviam comprado.

Lena arrumou a mesa e, durante o lanche, deu algumas respostas monossilábicas. Não parava de pensar na possibilidade de ter impedido, de alguma forma, a morte do professor.

Minutos depois, seu Gustavo foi à sala e ligou a televisão para assistir ao noticiário. Dona Cidinha e as filhas ainda ficaram na cozinha, conversando. Quando as três mulheres também foram à sala de tevê, o pai das garotas já roncava a sono solto. Letícia sentou-se numa poltrona e apertou o controle remoto para mudar de canal. Lena se deitou no sofá, com a cabeça apoiada no colo da mãe. O filme a que assistiram não ajudou Lena em nada, pelo contrário, só a deixou mais preocupada. Era de muitíssimo suspense e boas pitadas de terror. O nome dele? *Premonição*.

3 SONHO OU PESADELO?

NO DIA SEGUINTE, Lena tentou retomar sua rotina: acordar cedo, ir à escola, voltar para casa, almoçar, estudar, tomar banho, ver tevê e dormir. Sem pensar muito no que havia ocorrido.

Já de volta do colégio, olhou o calendário. Provas e mais provas. Ia passar a tarde e boa parte da noite estudando História, a matéria em que tinha mais dificuldade.

A certa altura, Lena não aguentava mais a irmã, sempre entrando e saindo do quarto, interrompendo seus estudos.

— Letícia, vou ter prova a semana inteira. Dá pra respeitar?

— E eu com isso?

Sem dar importância à resposta malcriada da irmã, Lena tentou se concentrar e só parou de estudar na hora do jantar, quando conversou um pouco com os pais e em seguida voltou para o livro de História, grosso como o mundo.

Uma chuva fina caía lá fora, e, por sorte, Letícia enfiou-se na cama e logo pegou no sono, sem muito falatório.

Já passava da meia-noite quando Lena fechou o livro e deitou-se também. Sentia as pálpebras pesadas e, em alguns minutos, estava entregue ao sono.

"Nossa, mas o que estou fazendo no museu de artes?", olhou em volta. "E de camisola!" Procurou a saída, mas a porta da frente do museu estava trancada. "Como vim parar aqui no meio da noite? Só pode ser um sonho... ou um baita dum pesadelo! Acho que, de tanto a professora falar, na sala de aula, sobre a restauração do Museu de Arte e História e da visita que vamos fazer pela manhã, acabei sonhando com isso..." Sentiu algo frio passar em seu braço. Teve tanto medo que nem olhou para trás. Mais aflita ainda ficou quando ouviu um sussurro:

— Lena, aconteceu algo terrível no museu. Você precisa saber...

98 | SONHOS PERIGOSOS

Ela reconheceu aquele sopro de voz. Era de sua avó! Decidiu virar-se lentamente, prendendo a respiração, até ficar frente a frente com o fantasma de dona Rosa ou seja lá quem fosse.

— Vovó! — A garota exclamou.

Dona Rosa, no mesmo vestido de bolinhas e com o rosto muito páli-do, fez um gesto para que Lena a seguisse. A garota fez o que a avó pediu, mas sentia as pernas tão pesadas que mal saíam do lugar. Dona Rosa entrou numa sala à esquerda, que dava para um corredor... e este, por sua vez, acabava numa sala menor, uma espécie de depósito, pois estava entulhado de quadros, mesas e cadeiras bem velhas. Lena olhou em vol-ta. Alguns esboços antigos, em bico de pena, enquadrados e pendurados na parede mostravam como o museu tinha sido antes da restauração. A avó apontou para um dos esboços. "Nossa, que desenho mais tétrico! Um esqueleto numa parede!", a garota observou. "Por que alguém desenharia um esqueleto numa espécie de planta de arquiteto?" Tornou a olhar em volta. A avó continuava ali, e a luz que dela irradiava iluminava tanto a sala que nem pensou em procurar o interruptor. Um quadro grande na parede oposta chamou sua atenção. Parecia ter sido pintado recentemen-te, pois cheirava a tinta. "Que olhar terrível tem esse homem do quadro! Nunca vi nada igual!", Lena sentiu um arrepio na espinha. "E por que alguém pintaria um homem com uma faca ensanguentada na mão?", estranhou.

Dona Rosa aproximou-se e apontou para o quadro esquisito. Parecia querer dizer alguma coisa, mas era incompreensível. Então a avó cami-nhou até o esboço, do outro lado, e apontou para o quadro novamente.

"O esqueleto tem algo a ver com o quadro?" Lena tentou olhar atrás do quadro para ver se encontrava alguma pista, mas, como era grande, ficou receosa de movê-lo. "Nossa, que assinatura grande aqui embaixo... Maikol Souza é o nome do artista. Que esquisito!" E decidiu passar a mão por trás do quadro para ver se sentia algo diferente, algum papel ou mes-mo um documento. De repente, um relâmpago atravessou a sala. Lena sentiu as pernas enroscarem em algo e, num segundo, caiu ao chão.

Parecia haver um tecido envolvendo seus pés, e bem grande.

— Um... lençol! — A garota esticou a mão e, tateando, percebeu que estava no chão do seu quarto, ao lado da cama.

Arrastou-se lentamente e acendeu o abajur sobre a mesinha de ca-beceira. "Um sonho! Foi tudo um sonho!", colocou a mão sobre a testa, sentando-se na beirada da cama.

— Apaga a luz e me deixa dormir, Lena — reclamou a irmã na cama ao lado.

Lena colocou o abajur no chão para não incomodar o sono de Letícia. Decidiu então molhar o rosto na pia do banheiro. Talvez estivesse com febre. Olhou-se no espelho. Nada. O rosto estava corado, mas era só. Voltou ao quarto e olhou para a irmã. Letícia dormia como uma pedra. Lena pegou o relógio que estava sobre a mesinha. Duas e quinze da manhã! Não iria acordar a mãe para contar sobre o sonho esquisito. Ficou deitada na cama, com o abajur aceso no chão do quarto. Teve medo de ficar no escuro. E se a avó aparecesse de novo? Pensou no que faria no dia seguinte. Se contasse para a mãe, ela não deixaria que fosse investigar a tal sala do museu. Por mais que dona Cidinha acreditasse nos sonhos de dona Rosa, brecaria as "investigações" da filha. Falar para as amigas, nem pensar. Todas dariam risada da cara de Lena. Principalmente a Mônica, incrédula até os ossos. Só sobrava a Letícia. Não tinha outro remédio.

Lena virou para um lado, para o outro. Viu as horas passarem lentamente, ouviu os pingos de chuva batendo no vidro da janela... e acabou adormecendo.

4
A VISITA AO MUSEU

O DESPERTADOR NEM havia tocado, e Letícia já pulara da cama, cutucando a irmã:

— Ei, dorminhoca, não tem aula, não?

— Deixa eu dormir mais um pouco. — Lena abriu os olhos, morrendo de sono.

Mas que nada. Precisava se levantar e ir à escola. Teria as duas primeiras aulas e depois a tal visita ao museu. "O museu! Será que o quadro do sonho está lá realmente?", pensou, ansiosa para matar a curiosidade.

Ela mal prestou atenção nas duas primeiras aulas. Eram quase nove horas quando os ônibus escolares pararam em frente ao portão principal. As quatro sétimas séries da turma da manhã entraram nos veículos, orientadas pelas professoras de História e Artes.

O museu era tão perto da casa de Lena que ela poderia ter ido a pé.

— Prestem bem atenção — pediu Isabel, a professora de História, minutos depois, na frente do museu, enquanto a professora de Artes se encarregava de pegar os crachás e os ingressos dos alunos na bilheteria. — O Museu de Arte e História ficou fechado por mais de dois anos para reforma. Muitos de vocês nem chegaram a conhecê-lo. Não mexam em nada, não coloquem a mão nos quadros. Cento e dez obras de arte constituem o acervo da pinacoteca; são telas de artistas cujos estilos vão do Romantismo e do Neoclassicismo ao Impressionismo, representando a mais expressiva coleção da nossa cidade. As obras são de artistas de renome, como: Benedicto Calixto, Almeida Júnior, Lasar Segall, Bruno Giorgi, entre outros, num percurso que se estende até a modernidade. Aqui também estão expostos muitos dos pertences de Carlos Gomes, nosso mais ilustre compositor e cidadão. Escutem com atenção as explicações da monitora. Se tiverem alguma dúvida, é só levantar a mão, combinado?

Camila, Paula, Mônica, Adriana e Roberta não paravam de falar. Lena estava mais preocupada em como iria achar a tal sala do sonho e como faria para distrair as professoras.

Então os crachás e os ingressos foram distribuídos aos alunos, e todos entraram. A primeira sala era bem grande, e ainda dava para sentir o cheiro da pintura fresca. No teto, as golas de gesso formavam graciosas guirlandas de flores. Algumas peças de mobiliário do século passado ficavam entre quadros a óleo de épocas distintas. Documentos antigos podiam ser observados por uma vitrine. Mata-borrão, canetas, papéis e a batuta de Carlos Gomes encontravam-se num outro pequeno móvel envidraçado.

Enquanto todos ouviam as explicações da monitora do museu, Lena disfarçadamente separou-se do grupo, aproveitando a distração das professoras, encantadas com os objetos de arte. Camila foi a única a perceber que Lena se afastava e perguntou:

— Aonde você vai?

— Ao toalete.

"Só faltava ela querer ir junto!", Lena pensou.

— Vou com você. Quero sair dessa chatice aqui — Camila cochichou.

As duas deixaram o salão e seguiram pelo corredor. Uma placa na primeira porta à esquerda indicava o banheiro. Assim que a abriram, viram que só poderia entrar uma pessoa por vez. Lena disse a Camila que fosse primeiro e aproveitou para sair à procura da saleta do sonho.

Por sorte, não havia ninguém no corredor. Olhou as três salas seguintes. Só quadros e mobiliário. De repente, viu um funcionário sentado a uma escrivaninha, numa antessala.

— Bom dia. — Ele se levantou. — Posso ajudá-la?

— Hã... Minha professora de História disse que há algumas plantas antigas do museu, de como ele era antes da restauração... Pode me dizer onde elas estão? Gostaria tanto de vê-las! — Lembrou-se dos desenhos que a avó lhe mostrara no sonho.

— Ah, as plantas ainda estão no final do corredor, numa sala à esquerda. É o único local com telas e objetos que ainda não foram restaurados e está funcionando como um depósito no momento. Mas como sua professora sabe da existência dessas plantas? Nunca foram expostas! — o rapaz falou tão alto que atraiu a atenção de uma pessoa que passava por ali.

— É que ela é filha de um antigo funcionário já aposentado... — Foi a única explicação que a garota teve naquele momento.

— Ah, sim. Entendo. Lamento, mas a sala não está aberta à visitação. — O moço franziu a testa e seu rosto adquiriu uma feição muito estranha.

Um homem com um macacão manchado de tinta surgiu no corredor, ao lado de Lena, e fez um gesto para o funcionário do museu, interrompendo a conversa.

— Só um instante, seu Elvis. Eu já vou — o rapaz respondeu.

"É o mesmo homem retratado no quadro do sonho! O que segurava a faca ensanguentada!", a garota ficou estarrecida ao reconhecer o pintor.

— Mais alguma coisa? — o funcionário do museu perguntou a Lena antes de seguir o outro homem.

— Não... não, tudo bem. Sou meio curiosa, coisas da idade, é o que meus pais dizem. — Lena se afastou, disfarçando o máximo que pôde pelo corredor, olhando as telas expostas.

Ao chegar à tal sala, leu o aviso pregado à porta: "Entrada permitida apenas para funcionários". Mesmo assim, entrou, ressabiada.

A cortina estava aberta e um pouco de luz clareava o ambiente. Dessa forma, nem foi preciso procurar o interruptor. Olhou em volta... lá estavam os esboços antigos, em bico de pena, enquadrados e pendurados na parede, mostrando como o museu era antes da restauração. Procurou o esqueleto no desenho da última sala do museu, mas não havia mais nada ali. Ou nunca houvera!

102 | SONHOS PERIGOSOS

"Onde está o quadro que cheirava a tinta?", deu alguns passos até o outro lado. "Ah, aqui está..." Passou a mão sobre a tela, estava bem seca. "Que coisa mais estranha! No sonho eu podia sentir o cheiro de tinta fresca! E não é o mesmo homem retratado. O nome do artista também era outro...", conferiu a assinatura.

Decidiu então afastar um pouco o quadro da parede para ver o que havia atrás. E, com o coração disparado, Lena enfiou a mão devagarinho pelo vão até sentir uma outra textura. "Parece cimento...", verificou a massa cinzenta embaixo de uma das unhas, contrastando com a pintura azul das paredes. "O que será que aconteceu aqui? Por que fizeram esse reparo e colocaram o quadro sobre ele, como se estivessem escondendo algo? No sonho, minha avó apontou para esta parede, onde havia o quadro do homem com a faca na mão..."

De repente, ouviu um barulho junto à porta. Lena olhou em volta. "Meu Deus, onde vou me esconder? Nesse armário com a porta entreaberta! É o único lugar possível!", e meteu-se dentro do armário, rezando para que ninguém o abrisse.

Pelos pequenos vãos dos entalhes do armário, a garota vislumbrou o funcionário que lhe dera a indicação do depósito entrando e fechando a porta atrás de si. Ele olhou furtivamente para trás, como se estivesse sendo seguido, e tirou uma chave do bolso, abrindo a primeira gaveta da escrivaninha bem à frente. Retirou um envelope e olhou dentro. Gelada até os ossos, Lena sentiu a respiração rápida e ofegante. O moço então colocou o envelope dentro do bolso do casaco e, depois de verificar se a gaveta estava bem trancada, saiu, fechando a porta.

A garota suspirou, aliviada, e tratou de sair do armário o mais depressa possível. Abriu a porta da sala devagarinho e, assim que saiu, levou outro susto.

— O que você estava fazendo aí?

Lena sentiu as pernas bambearem.

— Credo, Camila! Quer me matar do coração?! Como você demorava no toalete, saí pra procurar um outro e acabei entrando nessa saleta, que não passa de um depósito de velharias!

— Ah, bom. Eu vim atrás de você e até perguntei a seu respeito pra um carinha ali atrás — Camila explicou —, mas ele é tão mal-humorado que já foi levantando, olhando em volta e dizendo que gente da nossa idade só arruma confusão. Vê se pode!

Lena ficou satisfeita ao encontrar sua classe no corredor. Assim, misturou-se à turma quando passou pela antessala do rapaz mal-humorado. "O que será que ele foi pegar naquela gaveta?", pensou.

Os alunos visitaram mais seis salas enormes, com muitos quadros e algumas peças de mobiliário. Lena ficou com a turma, atenta às explicações da monitora. Mais tarde, falaria com as amigas, pois tinha perdido muitas informações enquanto estivera no depósito e precisaria delas para a prova.

Ao final da visita, as professoras conduziram os alunos aos ônibus.

— Espero que vocês tenham gostado do museu. Alguma pergunta? — quis saber a professora de Artes que estava no ônibus de Lena durante o trajeto de volta.

— Eu tenho uma pergunta. — Do último banco, Lena levantou a mão. — O tal Maikol Souza é um artista muito famoso?

— Maikol Souza? Nunca ouvi esse nome, Lena. Mas deixe-me dar uma olhada no catálogo das obras expostas... — A professora verificou o catálogo que trazia numa pasta.

Todos olharam para Lena, achando aquela pergunta estranha.

— Não, não há nenhuma obra exposta de artista com esse nome lá no museu. Você viu algum quadro ou objeto de arte de alguém com esse nome?

E todos viraram a cabeça para olhar a amiga.

— Acho que me enganei... — Lena decidiu encerrar a conversa por ali mesmo.

— Vai ver foi algum quadro que você viu naquela sala em que esteve — Camila cochichou.

"Que esquisito!", Lena pensou.

5
UMA ALIADA

EXCURSÃO AO MUSEU acabada, Lena entrou no carro do pai, parado em frente à escola.

— E aí, tudo bem, filha?

— *Ham-ham...* — ela respondeu, com os pensamentos na manhã passada no museu.

Já em casa, engoliu a comida, disse outros *ham-hans* para a mãe e, depois de escovar os dentes, voou para o quarto. Abriu o caderno de História e sentou-se na cama, rabiscando algumas frases:

1. Textura diferente numa parte da parede atrás do quadro grande no depósito. Tentar removê-lo e checar o que há ali.
2. O que o quadro do homem com a faca na mão e nome esquisito — Maikol Souza — tem a ver com o esqueleto do sonho? Onde estão? Vovó Rosa apontou para os dois, então devem ter alguma relação.
3. Descobrir o que o funcionário do museu guarda na gaveta da escrivaninha do depósito. Será que tem algo a ver com meu sonho?
4. Ir até o museu novamente e investigar o homem chamado Elvis.
5. Fazer um disfarce?

Letícia entrou correndo no quarto.

— Que tal fico com este coque e os óculos da vovó? — indagou. — Vou fazer o papel de Dona Benta, do Sítio do Picapau Amarelo.

Pronto. Falaria com Letícia. Iria ao museu disfarçada, caso contrário, o funcionário mal-humorado poderia desconfiar. Diria que a irmã e ela estavam fazendo uma pesquisa escolar. Letícia ficaria conversando com ele, enquanto Lena iria até o depósito novamente.

— O que foi, Lena? Você está com uma cara tão estranha! Aconteceu alguma coisa?

— Aconteceu... — Lena pulou da cama e agarrou a irmã pelos ombros, pregando-lhe o maior susto. — Senta aqui que eu vou lhe contar uma coisa muito importante...

Depois de ouvir tudo o que a irmã tinha a dizer, Letícia perguntou:

— Então posso ir disfarçada assim?

— Não. Eu é que preciso ir com um cabelo diferente e esses óculos... — Lena levantou o cabelo para cima, num coque, e experimentou os óculos que a irmã segurava, o que lhe deu um aspecto de mais velha. — Ah, e levarei a lanterna do papai, uma sacolinha e luvas de plástico, nunca se sabe! O funcionário do museu com quem eu falei pode me reconhecer se eu não estiver disfarçada. Você entendeu bem o plano? Vai distrair o moço mal-humorado com as perguntas que eu vou anotar pra você neste caderno, enquanto entro no depósito de novo, combinado?

— Combinado. — Letícia adorou a ideia de bancar a detetive.

— Ah, e fique de olho num homem chamado Elvis. Veja se descobre alguma coisa a mais sobre ele. Só sei que deve ser da manutenção e seu rosto estava no quadro na noite do sonho com a vovó.

— Beleza. Elvis. Elvis. Elvis — a garota repetiu várias vezes para não esquecer.

— Mas vamos ter de esperar o sábado para isso, Letícia.

— Não dá pra ser hoje mesmo? Não vou aguentar tanta ansiedade.

— Letícia, eu ouvi a professora Isabel dizendo que o museu estará lotado no sábado, pois a entrada será franca — Lena explicou.

— Por quê?

— Nossa, quanta pergunta! Porque a prefeitura quer estimular as pessoas da cidade a visitarem o museu. Principalmente as que não podem pagar. E, se ele estiver bem cheio de gente, os funcionários vão prestar menos atenção em nós, entendeu?

Letícia acabou concordando com um movimento de cabeça.

6
AÇÃO!

FINALMENTE O SÁBADO chegou. As irmãs acordaram cedo e foram tomar o café da manhã. Os pais já haviam levantado e liam o jornal.

Lena deu uma olhada rápida no caderno "Cidades", enquanto Letícia lia os quadrinhos.

Uma pequena notícia chamou a atenção de Lena:

... o desaparecimento de Maikol Souza, 33 anos, conhecido por Cabelinho, natural da cidade de Olindina, na Bahia. Maikol estava trabalhando no Museu de Arte e História, no Jardim Maria Isabel, zona leste de Campinas, quando ligou para a mulher no último dia 8, avisando que já havia terminado seu trabalho ali e iniciaria a viagem de volta para casa no dia seguinte. Desde então, não deu mais notícias. Conforme o delegado Válter Santos, não há dados concretos que levem a polícia a afirmar que o gesseiro esteja morto, pois nenhum corpo com suas características físicas foi encontrado na região. "Ainda estamos em fase de investigação", diz o delegado, ressaltando que as diligências estão sendo feitas em conjunto com a Polícia

Civil de Alagoinhas, na Bahia, onde os familiares de Cabelinho registra-
ram o desaparecimento. Quem souber seu paradeiro, telefonar para...

Lena fez um sinal para a irmã, e as duas foram para o quarto.

— Leia esta notícia. — Esticou o jornal para Letícia.

Sentada na cama, a irmã caçula disse após a leitura:

— Tá bom, e nós com isso?

— Você não entende, Letícia? É o tal Maikol Souza do sonho! Está desaparecido! O que será que aconteceu com ele? Algo estranho está ocorrendo no museu...

Letícia arregalou os olhos, tornando a ler a notícia.

— O que estamos esperando? Vamos para lá agora mesmo, pra que esperar até depois do almoço? Faremos conforme o combinado: enquanto eu distraio aquele funcionário, você volta ao depósito...

— Certo. Então vamos trocar de roupa — Lena falou.

— Você tem certeza de que não quer contar nada pra mamãe?

— Tenho. Pelo menos por hoje.

E as duas continuaram conversando baixinho. Assim que ficaram prontas, foram se despedir dos pais.

— Vão sair de manhã? E juntas? — seu Gustavo estranhou.

— Melhor levarem um guarda-chuva, pode cair um temporal. — Dona Cidinha deu risada, achando ótimo ver as filhas unidas.

— Aonde vão e a que horas voltam, meninas? — o pai quis saber.

Lena deu risada, dizendo:

— Vamos ao Museu de Arte e História e de lá ao *shopping*. Não nos esperem para o almoço.

Nem dois minutos de caminhada, Lena parou, fez um coque no alto da cabeça, prendendo-o com grampos. Depois, colocou os óculos da avó.

— Que tal? — perguntou.

— Está parecendo uma *nerd*.

— Estou irreconhecível? — Lena quis saber.

— Dá pra tapear. — Letícia deu um sorrisinho.

— Então vamos!

E as duas caminharam mais vinte minutos até chegarem ao museu.

Mal entraram, e o local começou a receber a visita de alguma instituição de idosos, pois, em instantes, ficou lotado com a presença de velhinhos.

— Olha lá o funcionário mal-humorado de quem lhe falei... Ele está conversando com um senhor de terno preto. Tente se aproximar do rapaz, faça o máximo de perguntas que puder e procure descobrir alguma coisa sobre o Elvis — Lena sussurrou para a irmã e, em seguida, misturou-se ao grupo de idosos que passava pelo corredor.

Disfarçou o quanto pôde para que ninguém a visse em frente ao depósito. Mais uma olhada para trás e girou a maçaneta, entrando com o coração batendo descompassadamente.

A sala estava semiescura, e, por sorte, ela trouxera uma lanterna para enxergar melhor os detalhes. De qualquer forma, não iria se arriscar acendendo a luz. Alguém poderia entrar, e não teria tempo de correr até a entrada da sala para apagá-la.

Acendeu a lanterna e dirigiu-se até o quadro. Apesar de grande, não parecia ser muito pesado. Mesmo assim, antes de tirá-lo da parede, achou melhor pegar duas cadeiras para apoiá-lo. "Se ele cai no meu pé, estou frita", pensou.

Lena pegou uma cadeira empoeirada e trouxe-a para junto do quadro. Ao pegar a segunda cadeira, derrubou uma terceira que estava apoiada nela, ouvindo um barulho e uns passinhos bem rápidos.

"Um rato! Ai, que nojo!", teve até medo de dirigir o foco de luz para baixo da cadeira, mas, reunindo toda a sua coragem, conseguiu fazê-lo. "O que é aquilo ali?", esticou a mão para apanhar um cartão sob as cadeiras amontoadas. Como não o estava alcançando, puxou-o com a perna quebrada de uma cadeira. Só então viu que era um crachá. E estava manchado de sangue! Mesmo assim, lia-se parte de um nome: Ma ol Souz. "Maikol Souza", logo concluiu.

Como nos seriados policiais de tevê, tirou da mochila uma luva e um saquinho plástico, onde cuidadosamente colocou o crachá ensanguentado, voltando a guardá-los em seguida. Então, caminhou rapidamente até o quadro, que apoiou sobre as duas cadeiras. "Ah, olha aqui a marca na parede...", dirigiu o foco da lanterna naquela direção. "Isto pode ter sido um armário", observou o formato retangular de cimento na parede pintada de azul.

De repente, escutou um barulho do lado de fora da saleta e colocou o quadro de volta em seu lugar. Depois pegou a mochila e escondeu-se atrás da cortina empoeirada.

Sentiu um arrepio pelo corpo, ao espiar pela abertura do tecido e reconhecer Elvis, que indagou num tom ameaçador, parado à porta:

— Quem está aqui? Eu vi quando entrou!

Lena prendeu a respiração, como se isso bastasse para colocá-la a salvo de Elvis.

— Elvis, Elvis — alguém o chamava insistentemente do corredor.

— Droga! — ele exclamou e, para alívio de Lena, saiu, fechando a porta atrás de si.

"A monitora que explicou os quadros para os alunos no dia da visita escolar salvou a minha vida sem querer!", a garota reconheceu a voz da mulher que o chamara.

Já estava saindo de trás da cortina, quando ouviu outro barulho. "Se for o Elvis de novo, perco as esperanças... e até a minha vida", sentiu as pernas tremerem.

Na pressa de voltar a se esconder, seus óculos se enroscaram na cortina e caíram ao chão. Mas não se atreveu a agachar para pegá-los.

"Nossa, ainda bem! É a monitora!", pôde ver pela mesma abertura no tecido. A mulher apertou o interruptor, mas a lâmpada não acendeu.

— Droga! Nesta sala nada parece dar certo! — ela exclamou e abriu a porta do armário onde Lena tinha se escondido da primeira vez que estivera no depósito, tirando de lá uma pequena sacola.

"O que será que tem nessa sacola?", Lena pensou, dando graças a Deus por a lâmpada estar queimada.

Marta, a monitora, tentou fechar o armário, mas a porta abriu várias vezes. Então a mulher escutou um ruído e olhou em volta.

— O que será isso? — Ela deu alguns passos em direção à cortina.

Lena prendeu a respiração. Se fosse descoberta ali, estava frita!

"Maldito rato!", a garota pensou, torcendo para que ele fosse para outro lado.

Marta olhou embaixo de uma cadeira, falando:

— Ah, aí está você, ratazana. Pois hoje eu vou pegá-la, pode ter certeza. — Com a mesma perna da cadeira com que Lena havia puxado o crachá, ela espantou o rato.

Lena fechou os olhos, contendo-se para não gritar, ao sentir algo roçar em sua perna.

— Para onde você foi, desgramada de uma figa? — A mulher batia o pedaço de madeira em todas as direções.

Uma música interrompeu a caça ao rato.

— Meu celular... — Marta o atendeu, dizendo: — Oi, só um momento... Não, eu já vou até aí... No morto? Claro que coloquei! Tudo bem, depois eu volto pra cá... Me espere aí onde você está...

"Meu Deus, ela disse 'no morto'... Será uma assassina?! Ou então cúmplice de alguém?!", Lena ficou imaginando.

Foi só a monitora desligar o celular para ouvi-lo tocar novamente. Dessa vez, Lena achou que fosse outra pessoa, pois o tom de voz da mulher havia mudado:

— Eu sei, mas eu e o Wilsemar já o apagamos... para sempre. É, também senti um alívio... Sim, concordo que devemos tirar daqui... Já sumiu, eu sei... Você está no museu? Que ótimo! Vou até aí agora mesmo. Vamos liquidar... o quanto antes...

"Ela falou 'o apagamos...'. *Apagar* quer dizer *matar*?!", Lena estremeceu. "Quem será essa outra pessoa que está no museu agora? Mais um suspeito para a minha lista? E quem vão liquidar? EU?", Lena estava aterrorizada.

Assim que a monitora deixou o depósito, a garota saiu de trás da cortina e tentou abrir a primeira gaveta da escrivaninha, mas estava trancada à chave. Teve mais sorte com a segunda. Sob o foco da lanterna, encontrou alguns papéis, notas fiscais em sua maioria... mas nada que fosse suspeito.

Decidiu tirar o lençol que cobria algo no canto esquerdo da porta.

"Quadros. Um monte deles e algumas molduras vazias. Devem ser aqueles que ainda vão ser restaurados...", lembrou-se do comentário do funcionário do museu e girou a maçaneta da porta, pois já era hora de sair dali.

Mal a abrira, deu de cara com Elvis. O susto foi tão grande que a garota levou a mão à boca para não gritar.

Ele deu dois passos na direção de Lena, empurrando-a para dentro do depósito novamente. Em seguida, fechou a porta e, com as mãos grudadas nos braços da garota, perguntou:

— O que está fazendo aqui? A entrada não é permitida a visitantes. Não sabe ler?

— É que eu... é que... — Lena nem conseguia falar, apavorada.

— Espere... Eu acho que conheço você... — Elvis continuou segurando em seu braço.

Só então ela se deu conta de que estava sem os óculos.

— Mas é a primeira vez que venho aqui — conseguiu finalmente dizer, tentando agir o mais naturalmente possível.

— Não, eu acho que já esteve aqui... — Ele apertou o braço de Lena ainda mais.

Com um movimento brusco, ela tentou se desvencilhar de Elvis. Então, os lindos cabelos da garota se soltaram do coque e caíram como em cascata pelas costas.

— No dia da excursão daquela escola! — Ele tirou uma faca do bolso do macacão e, torcendo o braço de Lena, puxou-a para trás. — Você quis me enganar com esse cabelo diferente e os óculos que usava quando entrou aqui!

— Você é o homem do quadro... — ela falou, atordoada.

— Como é que sabe que estou vendendo os quadros? Quem lhe contou? Foi o Maikol? Pois vai ter o mesmo fim que ele... E, quem sabe, ficará no mesmo buraco... — Elvis levantou a faca, e Lena sentiu a lâmina em suas costas.

— Não, espere um pouco... — ela interrompeu, tentando ganhar tempo. — Eu não sei de nada sobre a venda dos quadros. Não vou contar nada a ninguém, prometo.

— Acha que sou idiota para acreditar em promessas, menina? Quando me pegou em flagrante roubando as telas e os objetos de arte do museu, Maikol ameaçou contar tudo aos patrões, e é exatamente isso que você faria caso saísse daqui... Já que é assim, você vai ficar pendurada na parede. Como um quadro!

Um barulho junto à porta fez com que Elvis guardasse a faca rapidamente e soltasse Lena.

— O que está acontecendo aqui? — Um homem de terno abriu a porta.

— Nada, senhor. A garota está perdida... — Elvis se apressou a falar.

— Temos um assunto a tratar, sr. Elvis — o homem de terno declarou.

Lena pensou em aproveitar a oportunidade para sair dali o mais rápido possível, mas outros dois homens também entraram no depósito.

Em segundos, para o alívio da garota, o homem de terno algemou Elvis, dando-lhe voz de prisão. Ao seu lado, postaram-se os outros dois, provavelmente investigadores de polícia.

— O que está acontecendo? Ei, me solte! Eu não fiz nada! Só segurei a garota porque... — Elvis começou a gritar.

— Foi muito providencial a minha vinda ao museu, sr. Elvis. Vim tomar depoimentos sobre o desaparecimento de Maikol Souza e de algumas obras de arte e, ao me aproximar dessa porta, ouvi parte de uma conversa que achei muito interessante, pois esclarece justamente o sumiço de telas e objetos valiosos.

— Não sei o que o senhor está querendo dizer... — Elvis estava lívido.

A última coisa que Lena sentiu foi as pernas amolecerem. Rapidamente um dos homens a segurou antes que ela caísse ao chão.

Quando acordou, a garota estava na sala de dona Marta, também muito pálida, que lhe oferecia um copo de água com açúcar.

— O que... aconteceu comigo? — a garota perguntou, ainda temerosa.

— Bem, querida, você desmaiou, é isso — Marta respondeu, tentando acalmá-la. — Soubemos que Elvis a flagrou dentro do depósito. Sua irmã nos contou algumas coisas...

Wilsemar, o funcionário mal-humorado, entrou na sala, branco como um papel.

— O delegado está com Elvis, que confessou ter vendido mais de dez telas e alguns objetos. Sobre o Maikol, disse não saber para onde foi nem com quem, e que havia sido o outro quem tivera a ideia do furto e ficara com todo o dinheiro da venda.

— Minha irmã! — De repente Lena começou a procurar Letícia, olhando em volta.

— Foi buscar mais um copo de água e já deve estar de volta — Marta tranquilizou a garota. Em seguida, acrescentou: — O dr. Válter pediu que todos deixassem o museu, com exceção de nós, funcionários, sua irmã e o ladrão, claro!

Naquele momento, Letícia entrou. Quando Lena a viu, abraçou-a, dizendo:

— Achei que eu ia morrer, Letícia. Foi horrível! Olhe os meus braços. As marcas dos dedos de Elvis ainda estão aqui!

— Você foi muito corajosa. E eu também, claro! — disse Letícia, correspondendo ao abraço da irmã.

Wilsemar e Marta então contaram às garotas que dias atrás descobriram que haviam sumido algumas telas e também uns objetos de arte. A princípio, não sabiam dizer se estavam desaparecidos desde o começo da reforma, dois anos antes, ou se durante a finalização da obra, quando o pintor e o gesseiro foram contratados.

— Maikol fazia o que exatamente? — Lena quis saber.

112 | SONHOS PERIGOSOS

— Ele era responsável pela restauração dos tetos, das guirlandas de gesso e da pintura dourada delas. Soubemos que se tratava de um especialista e queríamos um serviço benfeito. Veio a nossa cidade somente para isso; estava trabalhando no museu fazia uns quatro meses.

— E o Elvis? Qual era a função dele? — Letícia indagou.

— Elvis Pereira era uma espécie de faz-tudo, de pedreiro a pintor e eletricista — Marta explicou.

— Nossa, eu tinha esquecido de algo muito importante! — Lena olhou em volta, procurando sua mochila.

— Se é isto o que procura, está aqui comigo. —Letícia tirou a mochila das costas e a entregou à irmã.

Lena, mais do que depressa, abriu-a retirando de dentro um saco plástico. Aquele que continha o crachá manchado de sangue.

— Eis aqui algo que pode ajudar o delegado nas investigações... Elvis poderá ser preso não só por furto, mas também por assassinato. — O rosto de Lena havia, enfim, retomado a cor natural.

— O que é isso? — Marta e Wilsemar perguntaram ao mesmo tempo.

— Imagino que seja o crachá que Maikol usava quando surpreendeu Elvis roubando as telas e os objetos de arte. Talvez, com a mesma faca que o matara, me ameaçou há poucos minutos. Disse que eu teria o mesmo fim do pobre homem! — Lena exclamou, exaltada.

Marta e Wilsemar ficaram espantados com as revelações da garota.

— Vou levar o crachá ao dr. Válter — Wilsemar decidiu de pronto.

Lena e Letícia também quiseram acompanhá-lo, mas tanto Marta quanto o rapaz acharam que elas deveriam permanecer naquela sala ou voltar para casa.

— Prefiro ficar aqui para saber logo como tudo isso vai terminar — Lena resolveu.

Assim, Wilsemar correu até o depósito e chamou o delegado no corredor. Entregou-lhe então o saquinho contendo o crachá ensanguentado de Maikol, contando tudo o que Lena revelara ao se recuperar do desmaio.

Sem qualquer comentário, o dr. Válter, de posse do crachá, voltou ao depósito. Numa interrogação que durou mais de quarenta minutos, conseguiu afinal a confirmação do crime e do local onde Elvis havia escondido a vítima. O delegado pediu o reforço de mais dois auxiliares para abrir a parede do depósito.

Enquanto os investigadores levavam Elvis à delegacia, algemado, num camburão, o dr. Válter dirigiu-se até a sala onde Wilsemar, Marta e as garotas aguardavam por notícias.

— Está quase tudo resolvido. — O delegado enxugou o suor da testa.

— O que realmente aconteceu com Maikol, doutor? — Marta perguntou, com o intuito de acabar logo com aquele mistério.

— Maikol presenciou, sem querer, Elvis furtando algumas telas e objetos de arte que ficavam no tal depósito. Como o museu tem poucos funcionários e as peças tinham ficado naquela sala para um restauro futuro, ninguém notou imediatamente a falta delas... Quando se deram conta do fato, vocês dois, Marta e Wilsemar, telefonaram para mim alguns dias atrás. Fizemos um boletim de ocorrência e comecei as diligências.

— Puxa, achei que o senhor nem tivesse dado muita importância ao roubo... — Wilsemar arregalou os olhos.

— Mas eu dei, sim. Comecei a investigar os empregados do museu e descobri que Elvis tinha antecedentes criminais; havia registros de vários furtos em sua ficha. Foi quando avisei vocês que o mantivessem no museu, segurando o pagamento dele, para que eu não o perdesse de vista.

— Acho que foi por isso que ouvi algumas conversas sobre dinheiro que me soaram estranhas — Letícia cochichou a Lena.

— Não imaginei, e nem vocês, acredito, que ele tivesse matado o companheiro de trabalho — o delegado continuou. — Pois bem... nesse depósito, havia uma abertura na parede, outrora um armário; a pedido de dona Marta, Elvis havia tirado a porta de madeira do tal armário e preparava tijolos para fechar a abertura. Enquanto isso, para não levantar suspeitas, escondia as telas, os documentos e objetos que furtava ali. De madrugada, de posse de uma cópia da chave da porta dos fundos do museu, entrava, pegava as peças escondidas e as levava embora. Já havia roubado o suficiente e estava guardando os últimos itens no buraco da parede...

— Quando foi surpreendido por Maikol! — Lena interrompeu.

— Isso mesmo. Elvis acabou confessando a Maikol que vendia as telas e os objetos por um bom dinheiro. Pediu então ao gesseiro que não contasse nada a ninguém, oferecendo-lhe dinheiro pelo silêncio. Por se tratar de pessoa digna e honesta, Maikol ordenou a Elvis que devolvesse tudo o que havia roubado, se não falaria com os patrões — Marta e

Wilsemar — sobre o ocorrido. Num acesso de fúria, Elvis atacou-o com sua pá de pedreiro. Disse, em seu depoimento, que não teve a intenção de matá-lo, mas de dar-lhe somente um "corretivo". Infelizmente, a pá atingiu a jugular do pobre Maikol. Assim, o que era um esconderijo para objetos roubados transformou-se numa cripta. Quando Marta e Wilsemar começaram a perguntar-lhe sobre Maikol, respondeu não saber de seu paradeiro e que o outro ultimamente vinha agindo de forma estranha. Por sorte, ao notarem a falta da batuta de unicórnio usada por Carlos Gomes, das telas roubadas e de outros objetos ainda, vocês nada disseram aos outros funcionários.

— Tem razão. Achamos melhor agir sigilosamente — Wilsemar concordou.

— Sim, mas registrando um boletim de ocorrência — completou o dr. Válter. — Foi quando entrei em contato com os familiares de Maikol. Tive a informação de que, da última vez que telefonou para a esposa, em Olindina, ele disse que já havia terminado o trabalho no museu e que iniciaria a viagem de volta para casa no dia seguinte. Depois disso, Maikol não deu mais notícias.

— Pobre homem... Nós gostávamos tanto dele! — Marta secou as lágrimas que caíam de seus olhos.

— Temos que agradecer a essa garota... — O delegado apontou para Lena. — Sem as contribuições dela, talvez não tivéssemos prendido Elvis também por assassinato. Ele teria tido tempo de dar fim nas evidências. Ao ser revistado, encontramos uma faca em seu poder... Ainda temos muito o que fazer — suspirou.

— E o corpo do Maikol? — Wilsemar quis saber. — Nunca imaginei que tivesse esse apelido, "Cabelinho"...

— Pois é... pedi o auxílio de mais dois investigadores. Vamos ter que abrir a parede para retirar o corpo do pobre homem... ele estava no lugar errado, na hora errada e com alguém mais errado ainda! Elvis contou também que arrancara um pedaço da cortina para limpar o sangue de Maikol. Felizmente, garota, chegamos na hora certa. Você poderia ter tido o mesmo fim do gesseiro — o dr. Válter finalizou, olhando para Lena.

— Nossa, essa história até que daria um bom livro de mistério! — Letícia exclamou.

Lena teve que concordar com a irmã. Daria mesmo!

7
ARQUIVO "MORTO"

ENQUANTO MARTA, WILSEMAR e o delegado continuaram conversando sobre o crime, Lena e Letícia trocavam algumas impressões em voz baixa:
— Bem que eu estava achando tudo estranho — Letícia começou. — Eu fazia aquelas perguntas que combinamos ao Wilsemar, quando o Elvis chegou. Então o Wilsemar disse assim: "Oi, Elvis. A dona Marta quer falar com você antes do pagamento. Parece que seu serviço chegou ao fim... mas ainda estamos com um probleminha lá no depósito. Você vai ter que arrumar de novo...". — Letícia parecia ter decorado a fala do rapaz.

Outros detalhes foram ouvidos pelas meninas e enfim esclarecidos. Na hora em que dona Marta se encontrava no depósito e o celular tocou pela primeira vez, Wilsemar queria saber sobre uma papelada do arquivo morto do museu. Portanto, era esse o "morto" a que ela se referiu ao telefone.

— Nossa, isso nem tinha me passado pela cabeça! — Lena exclamou.

Então a monitora ficou meio sem jeito, pois mencionaram a conversa que Wilsemar teve com o dr. Válter, assim que o delegado chegara ao museu naquele dia. O rapaz contara que o filho caçula de dona Marta andara rabiscando algo parecido com um esqueleto nas plantas do museu. Por sorte, ele e a monitora haviam conseguido apagar tudo. Depois desse episódio, a mulher garantiu que não levaria mais trabalho para casa. No entanto, graças às várias idas ao depósito que essa tarefa demandou, os dois acabaram se dando conta da falta de algumas obras de arte...

Não se contendo, Lena sussurrou ao ouvido de Letícia:
— Mas que tremenda coincidência! Foi por isso que ouvi a dona Marta dizendo: "Eu sei, mas eu e o Wilsemar já o apagamos... para sempre. É, também senti um alívio...".

Lena também acabou concluindo que foi o delegado quem ligara pela segunda vez no celular de Marta, avisando de sua presença no museu para tratar dos desaparecimentos...

— Encaixa direitinho com o que dona Marta falou ao celular: "Você está no museu? Que ótimo! Vou até aí agora mesmo. Vamos liquidar... o quanto antes...". Imagine, Lê, achei que ela quisesse me matar.

— Você ficou maluca? Ela é a cara da mamãe!

Lena deu risada da irmã. Ela tinha mesmo cada uma...

Aos poucos, outros assuntos foram surgindo na conversa entre os três e sendo compreendidos pelas duas irmãs. Na primeira gaveta da escrivaninha, estavam os vales-transporte de todos os funcionários do museu. Wilsemar precisou trancá-la, pois também havia notado a falta de alguns deles. Quanto ao armário, a dona Marta guardava biscoitos lá dentro. Ela é diabética e só pode comer biscoitos dietéticos. Se deixasse no armário da cozinha do museu, todo o mundo comia um biscoitinho... No final da semana, nada mais restaria a não ser uma sacola vazia.

Nesse momento, dr. Válter pediu licença a Marta e Wilsemar, dirigindo-se a Lena e Letícia.

— O que vem daqui para a frente, a retirada dos tijolos e do corpo do Maikol, será feito apenas na presença dos peritos. Assim, vou pedir que a viatura leve vocês de volta para casa.

— Oba! — Letícia adorou a ideia.

— Obrigada, doutor, mas iremos a pé mesmo. Nossa casa fica bem perto daqui. — Lena precisava pensar um pouco sobre tudo o que aconteceu e achou que ao ar livre seria melhor.

Então o delegado anotou o endereço das meninas. Seria bom dar uma passada na casa delas depois para tranquilizar seus pais. Deu também seu cartão a Lena, dizendo:

— Gostaria de saber algumas coisas em detalhes, Lena. Por exemplo: Como você se envolveu nessa história e foi parar no depósito com Elvis? Já o conhecia? Mas falaremos numa outra oportunidade, certo?

Lena concordou. Só não sabia como explicaria seu sonho premonitório ao dr. Válter.

Lena e Letícia voltaram para casa, depois de terem se despedido de Marta e Wilsemar.

Uma coisa todos lamentavam: a morte de Maikol.

Quando as meninas chegaram, já passava das quatro horas da tarde. Letícia espiou pela porta do quarto dos pais e disse a Lena:

— Que sorte! Eles estão dormindo!

Lena foi para seu quarto e se deitou na cama também, enquanto Letícia correu para a cozinha, tão morta de fome estava.

"Pobre Maikol... deve estar sendo retirado da parede agora. Talvez, se não tivesse ameaçado Elvis, ainda estaria vivo... Como é que pude ver tantas coisas num sonho? O quadro com o rosto de Elvis e a faca, a assinatura de Maikol... Vovó Rosa me mostrou tudo tão claramente!", Lena foi fechando os olhos até que caiu no sono.

Ao acordar, havia pai, mãe e irmã em cima dela, dizendo:

— Acorde, Lena. Você está bem? Fale alguma coisa.

A garota pensou em perguntar se toda aquela história tinha sido apenas um sonho... mas decidiu ficar quieta por mais alguns instantes... aliviada, até que avistou o cartão que deixara cair no chão, junto à cama: "Dr. Válter Santos — Delegado de Polícia".

"Sonhar não é de fato ruim, mas viver acordada é bem melhor...", Lena suspirou, aceitando de bom grado o copo de água oferecido pela mãe.

TRÊS MISTÉRIOS

O fantasma de Canterville, Oscar Wilde
Os irmãos corsos, Alexandre Dumas
Sonhos perigosos, Telma Guimarães Castro Andrade

SUPLEMENTO DE LEITURA

Três mistérios é um obra vibrante, que envolve o leitor em acontecimentos misteriosos e sobrenaturais... No divertido *O fantasma de Canterville*, uma família norte-americana compra uma mansão na Inglaterra, adquirindo, juntamente com a propriedade, o fantasma que a assombra há cerca de trezentos anos. Em *Os irmãos corsos*, a estranha e inexplicável relação entre gêmeos idênticos deixa o leitor arrepiado. Já em *Sonhos perigosos*, a adolescente Lena recebe uma herança da avó recém-falecida — o dom dos sonhos premonitórios — e acaba se valendo desse novo poder para ajudar a resolver um misterioso caso num museu de sua cidade.

POR DENTRO DOS TEXTOS
Enredos

1 Com base no sumário do início do volume, relembre com seus colegas o enredo de cada uma das histórias e reconte-as oralmente. Para sanar possíveis dúvidas, a obra poderá ser consultada.

2 As três histórias que compõem o volume apresentam elementos próprios da narrativa de mistério, cujo objetivo principal é deixar o leitor intrigado, provocando-lhe também a sensação de medo. Porém, elas são diferentes entre si à medida que revelam traços de outros gêneros narrativos.

a) Indique que elementos (personagens, espaço, ações, etc.) são próprios das narrativas de mistério e terror em:

- *O fantasma de Canterville:*

- *Os irmãos corsos:*

- *Sonhos perigosos:*

b) *O fantasma de Canterville* também apresenta uma boa dose de situações cômicas. Cite que elementos do texto contribuem para o tom humorístico da história.

Tempos e espaços

4 As histórias de *Três mistérios* se desenvolvem em épocas e lugares distintos. Complete o quadro, indicando o tempo (época) e o espaço de cada uma das narrativas.

Narrativa	Tempo	Espaço
O fantasma de Canterville		
Os irmãos corsos		
Sonhos perigosos		

Personagens

5 É bastante evidente a oposição entre a família Otis e o fantasma de Canterville. De um lado, há uma mentalidade moderna, materialista, cujos valores giram em torno do progresso, do poder do dinheiro, dos bens de consumo industrializados, etc. De outro lado, há uma espécie de símbolo de uma tradição conservadora que vai sendo vencida pelos "novos tempos". Que elementos do texto demonstram a ideologia representada pela família Otis?

_____

_____

_____

_____

_____

_____

_____

_____

_____

6 Por meio da forma de se relacionar com o fantasma de Canterville, são reveladas algumas características dos gêmeos e de Virginia. Compare essas personagens, evidenciando suas características fundamentais.

PRODUÇÃO DE TEXTOS

13 Antes de entrar em contato com a família Otis, *sir* Simon de Canterville era, sem dúvida, um fantasma bastante competente, digno de participar da lista das dez mais aterrorizantes personagens de terror. Imagine que o fantasma tenha decidido procurar trabalho em algum castelo, para poder continuar exercendo sua função de assombrar pessoas. Você vai ajudá-lo nessa tarefa, escrevendo um currículo do fantasma de Canterville. Para isso, é preciso elencar suas características, suas habilidades como fantasma (o que ele consegue fazer), seu tempo de experiência, seus feitos (quem já foi assustado por ele, o que aconteceu a suas vítimas, etc.), cuidados que ele costuma tomar ao planejar suas *performances* (o que vai vestir, como vai agir, etc.) e outros aspectos que você julgar relevantes para mostrar que se trata de um fantasma de "gabarito". Consulte a obra para realizar esse trabalho.

14 Releia o seguinte trecho do diálogo entre Cecil e Virginia:
"— Então por que não me conta o que aconteceu com você e o fantasma naquele dia em que ficou desaparecida...
— Não peça isso, Cecil. Eu nunca poderei contar a ninguém..." (p. 34)
O que teria acontecido com Virginia e o fantasma no período em que estiveram sumidos? Imagine que você tenha testemunhado a cena e escreva um conto revelando o mistério que envolve a "libertação" do fantasma de Canterville.

15 Nas histórias policiais, geralmente encontramos as seguintes personagens: uma vítima, um ou mais suspeitos e alguém para desvendar o caso. Desse modo, é muito comum que haja uma personagem que desempenhe o papel de detetive nesse tipo de história. Elabore uma narrativa policial, em que o detetive seja a personagem principal. Para isso, antes de produzir seu texto, siga o roteiro abaixo, que poderá auxiliá-lo:

- Faça uma lista das características de seu detetive, tanto no que se refere a aspectos físicos quanto ao modo de ser. A seguir, escreva um ou mais parágrafos descrevendo-o.
- Seu detetive é profissional e tem um escritório onde trabalha ou, assim como Lena, foi levado a resolver um caso por outras circunstâncias? Em que espaço(s) ele atua? Redija um ou mais parágrafos descrevendo o local de trabalho dele.

- Seu detetive vai entrar em ação. Imagine que caso ele vai solucionar, quem seria a vítima e quem seria(m) o(s) suspeito(s). O caso é difícil de ser resolvido? Ele vai enfrentar situações de perigo? Como é a sua forma de agir? Lembre-se de relacionar a forma de agir do detetive com suas características, contribuindo para que ele se torne uma personagem convincente.

Agora, sim, escreva a sua história policial. Quando estiver pronta, leia-a para seus colegas e peça-lhes sugestões. A seguir, faça as modificações que considerar necessárias. A classe poderá montar um livro de histórias policiais. Não se esqueça de revisar seu texto antes de publicá-lo.

ATIVIDADES COMPLEMENTARES
(Sugestões para Artes, Vídeo, História e Geografia)

16 Escolha a cena que mais o impressionou em cada uma das histórias de *Três mistérios* e represente-as visualmente. Você poderá fazer um desenho ou construir uma maquete, por exemplo. Se necessário, peça a ajuda de seu professor de Artes.

17 Se possível, assista ao filme *O fantasma de Canterville* (1944/Metro-Goldwyn-Mayer), de Jules Dassin. Depois, compare o livro com o filme, no que se refere ao enredo, à caracterização das personagens e do espaço.

18 Uma parte da história de *Os irmãos corsos* se passa na Córsega. Com a ajuda de seu professor de História e Geografia, faça uma pesquisa sobre essa ilha. Localize-a em um mapa, recolha informações sobre sua história, os costumes de seu povo, etc.

19 Em *Sonhos perigosos*, a classe de Lena, entre outras turmas da sétima série, vai visitar um museu recém-restaurado. Organize com seus colegas uma visita a um museu de artes. Peça ajuda a seu professor para elaborar um roteiro de observação das obras.

_____

_____

_____

_____

_____

_____

_____

_____

c) Já *Os irmãos corsos* apresenta aspectos da aventura romântica do século XIX, com a presença de viagens a lugares pouco conhecidos na época, muita ação e emoção. Indique que elementos dessa história são próprios da narrativa de aventura.

_____

_____

_____

_____

d) *Sonhos perigosos*, além da atmosfera de mistério, apresenta fortes traços do que se costuma chamar de narrativa policial. O que aproxima *Sonhos perigosos* de uma história policial?

_____

_____

Focos narrativos

3 *O fantasma de Canterville* apresenta um narrador em terceira pessoa. Explique como se dá a narração nas demais histórias de *Três mistérios*.

_____

_____

_____

_____

_____

7 Embora fisicamente idênticos, os irmãos corsos Louis e Lucien são bastante diferentes no que se refere a seus gostos e modo de vida. Tais diferenças revelam-se também em seus quartos, o que é notado pelo narrador: "Dois irmãos... um é paz, o outro, guerra!" (p. 41). Como tais diferenças se tornam visíveis nos quartos dos dois irmãos?

8 Escolha do quadro as características que podem ser atribuídas a Lena:

impaciente	corajosa	decidida
esperta	precipitada	responsável

9 A rotina de Lena é apresentada da seguinte forma: acordar cedo, ir à escola, voltar para casa, almoçar, estudar, tomar banho, ver tevê e dormir.

a) O que você acha dessa rotina?

b) A sua rotina é semelhante à de Lena?

10 Como pode ser caracterizada a relação entre Lena e sua irmã mais nova, Letícia?

Linguagens

11 A linguagem utilizada em *Os irmãos corsos* é diferente da utilizada em *Sonhos perigosos*.

a) Como podemos caracterizar as linguagens empregadas nessas duas histórias?

b) As linguagens utilizadas são adequadas a cada uma das narrativas?

12 Em sua opinião, o que seria a *vendetta*, citada em *Os irmãos corsos*? E quem seriam os bandidos?